Crime à Amsterdam

Murielle Lucie Clément

Crime à Amsterdam

MLC

Du même auteur :

La Clarté des ténèbres (nouvelles)
Crime à l'université (roman)
Le Mythe de Noël (récits)
Le Pyrophone (poésie)
Sur un rayon d'amour (poésie)
Les Nuits sibériennes (poésie)
L'Arc-en-ciel (poésie)
Le Nagal (poésie)
Cantilène (poésie)
Spleen d'Amsterdam (poésie)

Editions MLC
Le Montet – 36340 Cluis
www.emelci.com

ISBN : 978-2-37432-020-5
Dépôt légal : mars 2016

A mes amis

Prologue

Assis sur le marchepied du fourgon, l'homme buvait un verre d'eau offert par un pompier. A ses pieds, un corniaud noir et blanc, tournait la tête de droite à gauche.

C'était le printemps. Les pruniers, en pleine floraison, éclairaient la digue de leurs touffes roses et semblaient vouloir rejoindre les ombellifères blanches au sol. Une profusion de verts fragiles couvrait d'une toison aérienne les branches, commençait à masquer le soleil pusillanime mais, persistant. Les zébrures rageuses des gyrophares concurrençaient son éclat à cette heure matutinale.

Gracieux, un couple de cygnes, suivi de sa progéniture, traçait un sillon dans le glauque de la Ringvaart. Sur la berge, des dendrocygnes, reconnaissables à leur ventre haut sur pattes, faisaient bande à part, menaçant de leur bec des jeunes malards indécis qui tentaient de s'unir à leur groupe.

Casqués, bottés, ceinturés, les yeux et les lèvres bardés d'appareils reliés à des fils qui disparaissaient sous leur blouson, deux motards en tenues d'extraterrestre plantèrent leurs bécanes en équilibre sur les béquilles en bordure du chemin et s'approchèrent de leurs collègues.

Un pompier enveloppa l'homme d'une couverture.

« Ça va aller ? » Le vieux branla du chef en signe d'acquiescement. Il reprenait des couleurs.

La brigade du fleuve garait une camionnette. Une équipe en sortait le matériel de plongée. Des voitures se rangeaient en bas du talus. Un sergent tendait un ruban de plastique rouge et blanc pour barrer le passage. Le vieil homme soupira. C'était exactement comme il l'avait vu à la télévision. Un autre policier, un peu plus loin, intimait aux cyclistes de faire un détour.

D'une voiture banalisée sortirent deux inspecteurs. Après avoir conversé brièvement avec le planton, ils soulevèrent le ruban et passèrent en dessous. Habitués aux scènes de crimes les plus sanglantes ils cillèrent tout de même devant le spectacle à demi enfoui dans la verdure.

Les paupières larges ouvertes sur des yeux bruns qui ne voyaient plus le ciel... La jambe droite formait un angle bizarre avec son corps comme si la jeune femme s'était déhanchée pour escalader un obstacle trop haut pour elle. Son bras droit était relevé par derrière, la main ouverte vers les nuages. Elle était complètement nue. Ses longs cheveux éparpillés autour de la tête lui faisaient une couronne ondulée.

Un faucheux se hissa lestement d'une mèche sur la tempe. De ses longues pattes grêles, il tâtait avec hésitation les bords sanguinolents de la croix gammée tailladée sur le front blanc. Un autre svastika, beaucoup plus large celui-là, se répétait sur le torse amputé de ses deux seins. À la place des deux mamelons, la chair découpée laissait percer la cage thoracique.

Un pétale rose tournoya lentement dans l'air frais du matin et vint se poser délicatement au creux de la paume de la main droite.

Hartevelt et Krijger n'avaient pas échangé une seule parole quand le photographe leur demanda de se bouger un peu sur le côté. Il tournait autour de la victime, le flash crépitant, désireux de n'oublier aucun angle possible. Il travaillait vite et en silence, concentré.

Le médecin légiste se relevait.

– Heure du décès ? interrogea Hartevelt.

– Difficile. Elle est nue. L'herbe est humide de rosée, mais elle est refroidie, rigide et les lividités ne disparaissent plus sous la pression des doigts. Je dirais que la mort remonte à plus de douze heures. La température est de quinze degrés. Elle a passé la nuit, du moins une partie de la nuit, dehors et elle a été tuée autre part. De toute évidence, le corps a été trimballé. L'ablation des seins et l'entaille en forme de croix sur le torse ont été effectués *post mortem*. Pour celle du front, j'opterais pour *ante mortem*. Les coupures y sont peu profondes. Plus de peur que de mal ! Je pense aussi que votre fille a été bâillonnée avec un ruban adhésif ôté après le décès. Ne me demandez pas pourquoi. À vous de le découvrir. Oh, oui. Une petite indication supplémentaire. Je pourrai uniquement le préciser après l'autopsie, mais c'est le coup sur le crâne qui lui a été fatal. Les marques de strangulation sont trop légères pour avoir entraîné la mort. D'autre part, elle a été ligotée. Regardez ses chevilles et ses poignets.

– Merci. Pour l'heure du décès, plus de précisions seraient bienvenues.

– Oui, mes chéris ! Je vous envoie cela dans mon rapport préliminaire. Vous l'aurez demain matin sur votre bureau.

– Pas avant ?!

– J'ai encore quelques garçons au frigo qui attendent avec impatience que je leur témoigne un peu d'affection. De plus, mon assistante Sonia est en congé maladie pour une semaine. Alors, soyez gentils les gars ne me demandez pas l'impossible ! »

Sur ces paroles, il referma sa valise et arracha ses gants de caoutchouc, fouettant l'air d'un chuintement bref.

D'un commun accord, Hartevelt et Krijger allèrent vers l'homme et son chien. Oui, presque tous les jours il suivait la digue pour sortir Rikki qui entendant son nom se mit à frétiller de la queue. L'homme lui caressait machinalement la tête en pleurant. Il avait un léger accent. Oui, il venait toujours de bonne heure car il dormait peu. Bien, mais peu. Il faisait une dernière sortie vers les onze heures onze heures et demie selon les programmes de télévision et il se couchait de suite en rentrant pour se réveiller vers les cinq heures. Il s'habillait, buvait un bol de café et sortait. Il marchait d'abord sur le Transvaalkade en direction de la Wibautstraat et passait le pont. Il lâchait Rikki sitôt sur la digue.

Le chien batifolait à son habitude et vers le milieu, il s'était mis à aboyer, puis à gémir et s'était couché pour l'attendre, lui. En arrivant à sa hauteur, l'homme avait aperçu le corps. Non, il ne s'était pas approché. Il avait sorti son portable de sa poche et composé le numéro des secours. Pourquoi il ne s'était pas approché ? Mais, il avait fait la guerre et il reconnaissait un macchabée à dix mètres, pardi !

Hartevelt ne pouvait lui donner tort. L'aspect de la poitrine, visible de loin, était assez éloquent. Oui, il avait attendu pour montrer l'emplacement exact aux policiers et tenu Rikki en laisse pour qu'il n'aille pas fouiner. S'il voulait bien répéter son nom ?

Monsieur Wolff. Hermann Wolff. Deux f. Deux n. Oui, il passerait au bureau dans la matinée faire une déposition officielle.

1. Madame Céleste

Madame Céleste habitait depuis plus de quarante ans à la même adresse. Au troisième étage, les fenêtres de sa salle de séjour et de sa cuisine donnaient sur l'Afrikanenplein et la grande pelouse, transformée en petits jardins entretenus par les habitants du quartier. Elle en aimait la vue, les gens qui binaient, sarclaient, arrosaient… Les fleurs et les arbustes offraient une variété colorée au regard.

L'arrière de son appartement était encore plus paisible. La chambre à coucher dominait toute une végétation. Entre les immeubles, les jardins, pour la plupart arborés, étaient un véritable fouillis de verdure rafraîchissante. Être en pleine ville et avoir tant de feuilles et de fleurs à portée des yeux était un vrai régal.

Cela était d'autant plus important pour elle qui avait grandi à la campagne.

Son pays natal, la vallée de Chevreuse, était l'un des poumons de Paris. Des collines boisées aux flancs ornés de châteaux, anciennes villégiatures des nantis de l'Ancien Régime. Madame de Chevreuse n'y avait-elle pas possédé des terres ? Des fermes entourées de grasses prairies où paissaient tranquilles des troupeaux de bovidés. Qu'il faisait bon s'y promener au printemps. Armé d'un canif, y récolter les pissenlits nouvellement feuillus et les rosés, ces petits champignons comestibles aussi appelés champignons de couche lorsqu'ils étaient cultivés et qui se confondaient parfois avec les vesses-de-loup si ce n'était les débuts de pustules que l'on pouvait discerner à la texture un peu rugueuse de leur chapeau. À l'automne, on ramassait en forêt ceux qui feraient les délices de la table : les ceps et les trompettes de la mort pour les omelettes monstrueuses dégustées avec les petits cornichons au vinaigre mis en pots pendant l'été. Les châtaignes, luisantes, blotties au fond de leurs bogues, involucres de bractées retournés et baîllant au ciel après la déhiscence, dont les piquants s'enfonçaient dans le tapis de feuilles crissant sous les pas. Il fallait les déloger de leur écrin à l'aide d'un bâton qui le crépuscule venu et la récolte terminée, servait aussi de canne bienvenue sur la promenade du retour. Alors, au soir, dans la cuisine, crépitaient les akènes dans le poêlon troué pour les griller.

Avec l'âge, Madame Céleste se surprenait à plonger dans des réminiscences de sa jeunesse. Elle pensait parfois vaguement retourner au pays, comme on dit, mais elle savait tout aussi bien qu'elle n'en ferait jamais rien. Elle s'était construite une existence confortable et la sécurité sociale était nettement plus avantageuse ici, à Amsterdam, qu'elle ne l'aurait été à Paris où elle allait de temps en temps flâner pour apprécier son chez-soi au retour. Oui, bien sûr la météorologie laissait à désirer… mais, sur ce point, les Parisiens n'étaient pas logés à meilleure enseigne. Il lui aurait fallu déménager dans le sud de la France, Montpellier ou Perpignan peut-être, le Languedoc étant réputé pour son nombre élevé de journées ensoleillées, ou alors Biarritz avec la fureur de l'Atlantique en prime…

Timoré, le soleil semblait effarouché par la couche de nuages filant à vive allure vers le nord sous la poussée d'une brise de printemps. Indécis, il restait flou et se projetait en ombres pâles sur les pavés. Madame Céleste termina sa tasse de thé et s'arracha à la contemplation. Il était bientôt l'heure et elle se réjouissait à l'avance de la venue de Chloé.

2. L'offre à Chloé

Chloé jubilait. Elle avait reçu la visite de deux représentants de la société qui gérait son immeuble et ils lui avaient proposé un projet mirifique. Ni plus ni moins que de transformer une rue aveugle en une sorte de galerie d'art. Ils étaient venus la chercher, elle ! De quoi sauter de joie, ce dont elle ne se privait pas. Elle avait carte blanche pour réaliser l'objectif. Il y avait douze vitrines à faire dans un tronçon coudé de soixante-dix mètres environ.

Lorsqu'elle repensait à ces réunions, une seule chose l'énervait au plus haut point. Elle aurait préféré, puisqu'il y avait douze emplacements, faire une représentation des saisons avec une vitrine pour chaque mois d'après les illustrations des livres d'heures des frères

Limbourg. Chloé était fascinée par les travaux d'enluminure dans leurs ouvrages. Elle avait dévoilé son intention, mais Arnaud Petit, avait fait la moue : « Cela ne conviendra pas pour le quartier.

– Tu connais leur travail, l'avait-elle questionné.

– Non, mais ce que tu en dis démontre que c'est inapproprié pour ce projet.

– Bon, on trouvera autre chose, avait-elle annoncé légèrement sans laisser transparaître sa déception.

– Oui, envoie ta proposition. »

Comme Sandrine Benjamin acquiesçait, Chloé se contenta de hocher la tête d'un air positif.

C'était eux les commanditaires, mais elle bouillait en y repensant. Enfin, dans quelques jours, les vitrines seraient mises en place. Elle

pourrait passer à autre chose. Leur comportement collait parfaitement à sa théorie. Dans
les quartiers populaires – le Transvaal faisait
partie des cinq arrondissements les plus défa-
vorisés des Pays-Bas –, aussi bien la mairie
que les corporations de construction de loge-
ments voulaient uniquement des horreurs en
décoration. La culture avec un grand C était
interdite ; elle restait hors de portée des quartiers sensibles. Elle était réservée aux bour-
geois, pas aux traîne-misère et encore moins
aux étrangers, en surnombre dans le secteur.
Tous ces gens bien intentionnés, les assistan-
tes sociales, les préposés à l'intégration, à la
culture, à l'éducation auraient hurlé au scan-
dale si on le leur avait dit, mais le fait était
qu'ils prenaient bien garde, tous autant qu'ils
étaient, de favoriser la ghettoïsation sous cou-
vert de multiculturalisme. Cela commençait

par le déni d'accès à la culture d'origine. Des cours de bicyclette ? Oui, il y en avait. Manger des sandwiches au fromage ? Bien sûr. Des crêpes, Ah, mais oui ! Mais pour la visite des musées, l'argument accompagnant le refus de subventions était lourd et immuable : « Les gens ne sont pas intéressés. » Qu'en savaient-ils puisque ce n'était jamais programmé. Même chose pour l'opéra ou un concert de Mozart : « Les gens n'aiment pas cette musique. » Par gens, il fallait comprendre : les immigrés, qu'ils soient de première, de deuxième ou de troisième générations. Et par immigrés, il fallait comprendre tous les basanés. Pas les Polonais ou les Russes ou les Italiens. Mais, bon sang ! Elle l'aimait bien elle cette musique ! Pourquoi d'autres personnes du quartier ne deviendraient-elles pas de vrais amateurs ? Si seulement on leur donnait une chance de pouvoir choisir en connaissance de cause.

Chloé était bien décidée à faire bouger les choses. Ce projet était un début. Elle allait s'y était collée et ils verraient bien. Au diable leur politique. Ils voulaient de l'ordure ? Et bien, ils allaient en avoir de l'ordure, mais à la Bizet... Elle se l'était promis et le résultat serait bientôt là au vu et au su de tous. Encore quelques jours de patience !

3. Hermann Wolff au Krugerplein

C'était jour de fête sur le Krugerplein. La plupart des visiteurs ignoraient tout du drame de la veille sur la digue ; l'heure matinale de la découverte du cadavre y était pour beaucoup.

Hermann Wolff, après avoir fait sa déposition au commissariat s'était abstenu d'ébruiter l'histoire comme l'en avaient prié les inspecteurs. En fait, il était content de pouvoir se taire. La vision des croix gammées l'avait secoué, beaucoup plus qu'il ne l'avait laissé voir.

Avant la Deuxième Guerre mondiale, le quartier du Transvaal était populaire pour ses appartements modernes pour l'époque, équipés de toilettes privées, de l'eau courante, avec de larges fenêtres et des pièces d'une superficie généreuse. Venant du centre d'Amsterdam, les ouvriers organisés, conscients de leur classe, y avaient emménagé. Plus de quatre-vingts pour cent de la population était juive.

La plupart des habitants, non orthodoxes, ne fréquentaient pas la synagogue et leurs enfants apprenaient à l'école communale, bien qu'il y ait eu une école talmudique à proximité. Le secteur était très politisé ; ses habitants, socialistes. Les enfants étaient membres de la Jeunesse ouvrière et de l'Association sportive sociale ; leurs parents faisaient souvent partie de l'Union des diamantaires. C'était un quartier vivant, aux nombreuses boutiques, sans heures d'ouverture fixes et un sentiment d'appartenance fortement ancré. Tard le soir, par beau temps, les gens discutaient dans la rue, sur le trottoir, sur le pas de leur porte, assis sur une chaise descendue des étages. Les enfants jouaient au milieu de la chaussée, tout au plus dérangés par une bicyclette qui faisait tinter sa sonnette de loin. Les gens se connaissaient, s'entraidaient, s'appréciaient et se disputaient à l'occasion.

La situation changea brusquement avec la guerre et l'arrivée des Allemands. Les Juifs avaient pour obligation de coudre une étoile jaune sur leurs vêtements ; ils avaient l'interdiction de se tenir dans des endroits publics, les cafés, les cinémas, et pire que tout, le marché. Le quartier du Transvaal fut transformé par les troupes d'occupation en quartier juif, en ghetto, bien situé pour la concentration et la déportation.

Le quartier avait été choisi pour sa disposition géographique. Il était facile à isoler avec la ligne de chemin de fer au nord et le canal au sud. Les Allemands obligeaient les

Juifs à quitter leur habitation dans les autres quartiers et à s'installer au Transvaal. Non seulement venant d'Amsterdam, mais de toutes les villes des Pays-Bas. Puis, au cours des rafles, les Juifs étaient envoyés de la gare de Muiderpoort dans l'un des nombreux camps de concentration et d'extermination. Quelques-uns réussirent à se terrer dans les serres communales et échapper ainsi à leur sort.

Le 20 juin 1943 restait une date mémorable. Plus de cinq mille habitants juifs du quartier furent sortis de leur logement et entassés dans des trains à destination de Westerbork. Des vingt mille habitants que comptait le quartier, il n'en restait plus qu'une poignée. Le soir de cette date, les rues étaient exemptes de Juifs, *Judenfrei* selon la terminologie nazie. À Westerbork, ils stagnaient pendant deux ou trois semaines, dans des conditions épouvantables avant d'être convoyés à Sobibor, Auschwitz Birkenau ou Bergen Belsen.

Assis à la terrasse de Cafvino, Hermann sentait les larmes lui monter aux yeux. Vite, il tourna la tête et renifla pour le dissimuler aux autres consommateurs.

Sa mère avait supplié son père de la tuer d'une balle. Elle était juive ; lui était allemand. Elle était condamnée ; il serait épargné. Son père refusait d'accéder à sa demande. Elle s'était précipitée, lui avait arraché l'arme des mains et avait appuyé sur la gâchette avant que son père ait pu l'en empêcher. Elle gisait dans une mare de sang, la tête à demi fracassée… Son père avait peut-être voulu qu'il en fut ainsi, lui éviter les atrocités réservées aux siens… Hermann ne le saurait jamais… Son père, qui conduisait des convois ferroviaires pour les Allemands, s'était jeté sous une locomotive le lendemain. Hermann avait dix ans. Il parlait couramment l'allemand. Blond, les yeux bleus, pas circoncis, son père avait refusé. Il survécut.

Franje et Maaike parvenaient à la terrasse et s'asseyaient à sa table. Savaient-elles pour Sarah Keulhoven ? Certainement, oui. Mais, elles ignoraient son rôle dans l'histoire…

4. *Wim et Miranda font des crêpes*

Les enfants riaient et sautaient dans les boules rouges, vertes et bleues, les couleurs du Transvaal. D'autres hurlaient à l'assaut d'un château gonflable qui érigeait ses tours et ses donjons crénelés sous les arbres. Des meurtrières pointaient des carabines en plastique, maniées par les défenseurs. Les attaquants vociféraient et fendaient l'air de leurs sabres en bois. Une princesse attendait nonchalamment l'issue du combat et sa délivrance, elle les encourageait du haut de la muraille. Une perruque un peu de travers pendouillait le long de ses joues fardées pour l'occasion comme des pommes d'api et emmêlait ses boucles sur une robe longue bleu pastel. Sa servante lui apportait une tasse de thé sans se préoccuper de la bataille qui rageait à leurs pieds.

– Un sucre ou deux, votre Altesse ?

– Mais, non ! Sa Majesté !

– Alors, tu es la reine !

– Non, je suis la princesse !

– Ben alors… c'est votre Altesse ! »

La belle princesse haussa les épaules, subjuguée, mais non convaincue, par l'autorité de sa domestique qui la dépassait d'une bonne tête.

L'échauffourée aurait incontestablement pu durer encore un bon moment, les forces semblant égales de part et d'autre, si n'avait retenti la trompette annonçant un délice attendu de tous : les crêpes.

La défense et l'attaque de la citadelle furent abandonnées séance tenante ; les soldats des deux armées se ruèrent en une cavalcade désordonnée à l'autre bout de la place.

Sous une tente de jardin verte était installée une table flanquée de longs bancs. Leur faisant face, un petit fourgon peinturluré en teintes pastel avec un bar sur lequel trônait trois grandes piles de crêpes entourées de pots contenant du sucre, du miel et diverses sortes de confitures. Des gobelets en plastique rose, des assiettes à jeter fleuries, des fourchettes, des cuillères, des couteaux translucides irisés de couleurs assorties égayaient une toile cirée à carreaux rouges et blancs.

Un tablier de serge bleue lui ceignant les hanches, Wim Boerhaven s'activait vivement autour du réchaud à gaz où dans deux poêles chauffait de l'huile. Il prit une louchée d'une pâte fluide pour la faire tourner avec précaution dans la première poêle et répéta son geste avec la seconde. Miranda Hamel, sa compagne, s'apprêtait à servir les enfants qui s'étaient glissés sur les bancs autour de la table.

Wim et Miranda organisaient tout au long de l'année des activités pour les habitants, petits et grands, du quartier. On leur devait, entre autres, d'avoir insisté pour la réalisation des jardins populaires. Leur prochain objectif était un jardin mobile, une charrette des quatre saisons, qui permettrait d'échanger des plantes entre les différents endroits et aussi aux jardiniers d'offrir leurs produits en surplus aux passants.

Le couple était de toutes les manifestations quand il n'en n'était pas l'instigateur. Bien vus des autorités pour leur apport ludique à la vie collective, ils recevaient des subventions pour les projets les plus farfelus. Ils concevaient des plans à la chaîne et obtenaient une grande visibilité grâce à leur participation active à la vie de la communauté. Les enfants les aimaient bien et leur atelier sur le Tugela-weg avait à certaines heures tout d'une garderie.

En tant qu'artistes, on aurait pu les ranger parmi les conceptuels. Leur grande force était de savoir calculer des budgets et d'inventer des slogans accrocheurs pour vendre leurs projets, au contenu, par ailleurs, assez simple dans le fond. Suivre la politique locale et utiliser les mots et les phrases à la mode chez les dirigeants ; parfois, en lancer un ou deux eux-mêmes. En outre, minces, blonds et grands tous les deux, ils représentaient assez bien le Hollandais de souche socialement actif, compatissant au sort des immigrés, de quelque génération qu'ils fussent. La mairie n'en demandait pas plus tant qu'elle pouvait lire dans les rapports les mots d'ordre du jour : cohésion sociale, intégration réussie, comportement civil…

Ainsi, cuisiner en plein air pouvait se révéler une action artistique stimulant la cohésion sociale et favorisant l'intégration des hordes d'origine étrangère. La municipalité était prête à verser de fortes sommes à celui qui ferait sauter des crêpes. On aurait pu objecter que cela avait peu de lien avec l'art, mais les préposés au bien-être n'en avaient cure. L'action en termes de niveau artistique était sans intérêt tant qu'elle procurait des occasions de rencontres. Que ce soit des expositions, des repas entre voisins, des fêtes de rue ou des ateliers de broderie, tout était bon pour une subvention. Du moins, en avait-il été ainsi encore l'année passée car depuis la fusion administrative, Jan Steekhart, le nouveau préposé à la participation citoyenne, se montrait plus exigeant et voulait voir d'autres têtes dans le circuit.

5. Atelier de Sarah 1

Des murs immenses gris, en béton strié de raies blanchâtres, avec dans une portion en brique rouge, une toute petite porte verte, par laquelle il semble impossible de faire passer quoi que ce soit, tant la paroi s'éternisant le long de l'asphalte est massive. Une pelouse réfugiée là on ne sait pourquoi, fait de son mieux pour verdir le pied de l'enceinte. Une surface vitrée, fenêtre qui ne peut s'ouvrir. A la base, un judas de fer avale mon identité résumée dans mon passeport. Un miroir rond de la taille d'un ballon de foot, me renvoie mon image. Aimable, je me souris. Mon reflet part sans bruit en direction d'un circuit de caméras vidéo, j'en suis sûre. Les lettres d'imprimerie, plaquées en relief sur la muraille, sautent aux yeux: Maison d'arrêt de

Hollande du Nord. En raccourci : la prison du Bijlmer, communément appelée : La Taule.

L'ordinateur, derrière la vitre, s'allume et la porte s'ouvre. Je pénètre à la suite de B. dans une sorte de sas d'aéroport, détecteur de métal aux rayons X et arche d'accueil compris. B. me remet un badge jaune de visiteur ayant déjà pas mal servi. Il est tout fripé. Me voilà étiquetée. Comme comité de réception c'est très différent de l'ordinaire ! Moi qui marche à coups de cœur et de fleurs, bonjour le dépaysement ! J'ai plutôt l'impression d'aller prendre un avion que de m'embarquer pour un concert. Heureusement, je me suis préparée au maximum pour être capable d'assumer toute situation.

Une porte supplémentaire me plonge dans une cour intérieure. Rien de spécial. Sur la droite, un grillage quadrille la vue sur une cour asphaltée. A gauche l'herbe du gazon lèche le pied d'un mur. Encore une porte. Je pénètre une rotonde ; à main gauche une salle de garde. Je dois mettre mon badge en évidence, bien qu'il me semble improbable, que quelqu'un essaie à tout prix de se faire enfermer ici, mais sait-on jamais ! Ce que je prends pour des ordinateurs sont peut-être les écrans d'un circuit télévisé de surveillance. J'interprète ce que je vois plutôt que je ne le comprends, ma connaissance du milieu carcéral se limitant très sommairement à quelques films, pratiquement tous issus du système pénitentiaire américain. Ici, aucun chien de brigade ne vient renifler mon sac, pas un garde armé à l'horizon, pas de mirador d'où pointe un fusil-mitrailleur, mais surtout aucun surveillant n'ouvre la porte pour nous avec un trousseau de clefs dramatique. Il suffit *d'appuyer sur un bouton, ce dont se charge B. La serrure se déclenche et me livre passage.*

Un autre corridor sur la droite borde un espace de verdure entouré de nombreuses fenêtres. Quant aux barreaux, je les sens plus que je ne les vois. La lumière entre à flots, apporte l'essentiel. Je croise plusieurs hommes. Sont-ils ou non des résidents ? Ils paraissent circuler librement, mais je sais que c'est un effet d'optique. Je doute fort qu'ils puissent tous franchir les seuils comme je viens de le faire. Je perds le compte des portes. Elles se ressemblent toutes, avec leur couleur franche, un vert qui ne fait mal ni ne donne la déprime. Elles font partie de l'univers environnant sans pour autant s'y fondre. Les qualifier de portes est au demeurant inexact, ce sont des grilles, omniprésentes malgré leur teinte accueillante et presque gaie. *Mon badge de visiteur me rassure ; je pourrai repasser dans l'autre sens tout à l'heure.*

Je me suis fait plusieurs scénarii ces derniers temps, tous basés sur l'angoisse qu'inspire la prison en général, que ce soit la maison d'arrêt ou autre ; de plus, je suis claustrophobe. J'ai envisagé la panne de courant qui bloquerait les serrures, me retiendrait en ces murs à jamais. Également la possibilité d'arriver au mauvais moment, par exemple celui où un résident dangereux aurait forgé et réussi à exécuter un plan d'évasion avec prise d'otages, victimes dont je ferais partie ou bien une émeute se déclencherait indépendamment de mon arrivée tout en y étant synchrone. Je chasse ces visions apocalyptiques : j'ai un concert à donner.

J'arrive à une section de couloir munie d'une véritable porte, également fermée bien entendu. Derrière celle-ci se trouve la salle polyvalente, lieu où l'activité « Opéra » aura lieu. Je me concentre sur ma voix et ma respiration, cela m'évite de trop penser aux conditions difficiles, pour ne pas dire impossibles, dans lesquelles une fois de plus je me suis mise pour donner ce récital. Je m'explique. Il est neuf heures du matin, et il y a un lecteur de CD portatif en guise d'accompagnement. Cela n'est rien. Je suis prévenue que la salle n'est pas chauffée, donc froide. Qu'importe, j'ai une prédilection pour les projets sortant de l'ordinaire ou carrément rébarbatifs. Apparemment, j'aime les handicaps, il m'est impossible de refuser un travail quels qu'en soient les obstacles. Après tout, c'est un défi. S. arrive avec les clefs et plusieurs partici-

pants, il ouvre la porte, mettant fin à mes co-gitations. A l'œuvre ! Je jette un coup d'œil circulaire. La salle est formidable. Spacieuse et surtout haute de plafond. Le rêve. Le podium est suffisamment grand pour permettre une mise en scène.

J'ai fantasmé à fond ces dernières semaines sur les résidents, me demandant ce à quoi ressemblaient des détenus, puisqu'il faut bien se rendre à l'évidence, ils ne sont pas dans cet établissement de leur plein gré. En revanche, c'est leur volonté personnelle de participer à l' « atelier opéra » et je suis absolument prête à leur donner le maximum. A première vue, un unique détail différentie ce groupe d'un groupe amateur habituel : seule la gent masculine est représentée.

***

Krijger respirait bruyamment et il reniflait de temps en temps, signe chez lui d'une irritation naissante, les yeux fixés sur les listes d'appels téléphoniques de Sarah Keulhoven.

– Mais c'est pas possible ce nombre d'appels ! Tu as vu les factures qu'elle se payait ! Qu'est-ce qu'elle pouvait bien leur raconter ! »

Hartevelt leva la tête et arrêta la lecture du texte trouvé sur le bureau de la victime.

– Elle avait un fixe et un portable et, en plus, elle passait pas mal de communications en VOIP à partir de son ordi d'appart. Comptes MSN, Skype, Facebook, Linkedin… Mais où trouvent-ils le temps tous ces jeunes ?

– En fait, deux ordinateurs. Un portable et un sur son bureau.

– Non !

– Ouais ! Il nous faut du renfort pour toute cette paperasse.

– Tu as quelque chose ?

– Peut-être. Elle donnait des ateliers d'expression corporelle et un d'opéra.

– Cela pourrait être un client mécontent, tu penses ?

– Possible. Là, d'après ce que je comprends, elle fréquentait pour son boulot les prisons. J'appelle Jan pour qu'il dégotte la liste de tous les détenus relâchés depuis trois mois.

– Pourquoi trois mois ?

– A ton avis ! Si un gus a ruminé une vengeance pendant quelques mois, vu la nature du délit, il aura fait ça rapidement après sa relaxe. Juste le temps de rechercher l'adresse et hop !

– Tu as des noms dans son rapport ?

– Pas vraiment, mais des initiales en veux-tu

en voilà. Il nous suffira de connaître la date de son atelier. C'est une piste. »

Ils se remirent en silence à l'épluchage des papiers.

***

Je dois faire des essais de sono. Renvoyé par la chaîne portable, le son de l'orchestre pâlit dans l'immensité du plafond. Il va falloir jouer serré. Si je me place au milieu du podium je n'entends plus rien, qu'à cela ne tienne, je me positionnerai sur le côté. Des tables sont installées en U avec des chaises autour pour la conférence qui suivra le récital.

Je passe me changer dans la cabine de régie pleine de djembés. Somme toute, on se croirait vraiment dans un petit théâtre campagnard ou dans la salle des fêtes d'un pate-

lin de l'arrière-pays. *Le manque total de fenêtre rappelle l'ambiance des maisons de la culture en pleine Sibérie soviétique qui servent, polyvalence oblige, aussi bien pour les concerts, les films, les défilés de mode, la pratique de quelques sports ou pour les répétitions du groupe folklorique local ; j'apprendrai plus tard que cette salle est le gymnase. J'enfile une robe rouge vermillon sang de diva, très Carmen somme toute. Malgré l'absence cruciale de miroir j'arrive à me coiffer en chignon avec une grande mantille noire me tombant jusqu'aux genoux. Pas de coiffeur, pas de costumière, aucune glace, je me fie à ma bonne étoile, espérant avoir l'allure correcte. Ma voix bien lovée au centre de mon épigastre, prête à bondir hors de ma gorge à la moindre sollicitation de mon diaphragme, me rassure pleinement.*

Je redescends l'escalier de béton en prenant grand soin de poser les pieds en travers des marches tant elles sont étroites, traverse la salle de long en large et, je monte les deux degrés en bois du podium. Les hommes prennent place sur les chaises, un vrai public attentif. Nous nous acceptons, nous nous ouvrons l'un à l'autre et Mozart retentit. Inspirée par Chérubino, je me laisse porter par la musique. La voix répond décemment malgré l'heure matinale. Pour Santuzza, je regrette que le lecteur ne puisse rendre les accords de l'orchestre plus fortement, imprégner l'ambiance d'une manière encore plus dramatique, mais c'est bon tout de même, la voix transmet. Je chante. Ah, comme j'aime Santuzza, je voulais absolument leur donner cet air et, c'est réussi. Les aigus restent doux et forts, rendant justice à Mascagni. Puis, je passe aux airs français, Saint-Saëns avec Mon cœur s'ouvre à ta voix *qui reste fascinant et je termine avec l*'Habanera *de Carmen, ce pourquoi je suis venue. Je fais une révérence à mon public masculin qui applaudit très généreusement. Nous pouvons nous asseoir ensemble autour de la table pour discuter.*

J'ai à peine le temps de revenir sur terre, que je dois parler, expliquer. Sans prendre le temps de me changer, il nous est limité, je commence par exposer la motivation de ma venue. Elle est simple. De par le monde et de tous temps les musiciens ont été tantôt gratifiés, glorifiés tantôt immolés, persécutés. Quelquefois tour à tour, le même artiste s'est vu appliqué ces traitements variés à différentes étapes de sa carrière. De nos jours, dans plusieurs pays, il est interdit de pratiquer cer-

taines musiques, la transgression de cette loi conduit irrémédiablement en détention, si ce n'est à la mort. Dans nos sociétés, ce sont uniquement les conventions que nous avons conclues qui régissent la possibilité ou l'interdiction d'être musicien. En tant que cantatrice, si j'exerçais ma profession dans d'aucuns pays à l'heure actuelle, je serais passible d'emprisonnement et, il n'y aurait plus aucune différence entre les résidents et moi. Pour cette raison, j'ai accepté de donner un atelier d'opéra à la Maison d'Arrêt.

J'enchaîne sur l'opéra. Heureusement, je connais le sujet. Puis, il faut installer le dialogue, faire passer l'énergie, recenser les capacités. C'est une équipe très forte et nous pourrons faire du bon travail, c'est clair. Le courant qui passe est très positif ; les garçons sont enthousiastes. Nous faisons un tour de table pour plus ou moins nous présenter question musicale. Ils aiment le rythme. L'exercice de claquer dans les mains résonne agréablement sans un seul problème, mis à part le manque de contrôle qui incite à l'accélération. Je vais devoir leur apprendre à résister à l'emballement, du moins qu'ils en prennent conscience. Un second exercice consiste à tenir compte de son voisin et à créer un mouvement d'ensemble corporel. Bien que ce soit déjà légèrement plus difficile à réaliser que l'exercice précédent, nous y parvenons sans trop de peine après une discussion primordiale : doit-on démarrer du pied gauche ou du pied droit lorsque l'on fait deux pas en avant ? Cas litigieux s'il en fut. Le metteur en scène, moi en l'occurrence, doit trancher. Je m'en remets à l'avis des experts, lesquels ont accompli leur service militaire et *sont catégoriques : dans l'armée, on commence toujours la manœuvre du pied gauche. Ce qui, en soit, est absolument sans importance aucune, à partir du moment où le même mouvement est exécuté par tous simultanément.*

Le temps passe rapidement. A la fin de l'intervention, nous nous séparons, satisfaits les uns des autres, avec la perspective de nous revoir dans trois semaines.

6. Marie-Anne van Bar

Plusieurs habitants s'étaient regroupés des années auparavant pour former l'association « Nous du quartier » et contrecarrer les dealers et les drogués qui envahissaient la place du Krugerplein. Ils organisaient des événements locaux dans le but de chasser tous ces indésirables et reprendre ainsi possession d'un terrain qu'ils considéraient comme le leur exclusivement. Leur système fonctionnait bien car le marché des « stups » s'était déplacé, sans concentration, vers les rues et les appartements voisins et restait invisible. Depuis le début des manifestations qui avaient lieu environ une fois par mois, les rues et la place étaient redevenues tranquilles. La police, sollicitée, patrouillait régulièrement à deux ou plusieurs agents à pied et à bicyclette, renforçant le contrôle social.

Des étals de marché aux planches drapées de tissu bleu roi accueillaient les vendeurs et vendeuses les plus divers. Des artistes offraient de faire le portrait des passants pour la somme dérisoire de deux euros ; leur présence étant subventionnée par la municipalité. D'autres donnaient des ateliers gratuits pour les enfants qui pouvaient ainsi s'initier à la décoration sur faïence. Des carreaux étaient mis à la disposition des amateurs avec des godets de peinture spéciale. Au bout de trois semaines, leurs carreaux passés au four, ils les verraient revenir comme de vraies faïences de Delft.

Une famille proposait des poupées faites à la main suivant un procédé ancien. Un couple offrait des balais en genêts, un autre encore des lampes fabriquées tout en produits de récupération.

Marie-Anne van Bar, membre actif de « Nous du quartier », avait dévalisé son jardin et présentait ses bonsaïs de toutes grandeurs. Certains feuillus, d'autres plus en tronc, ramassés sur eux-mêmes tels des chats prêts à bondir sur leur proie, d'autres, au contraire s'élançaient en hauteur en éventail, les branches comme les doigts d'une main tournée vers le ciel, l'air de supplier une quelconque divinité. Les bonsaïs avaient pris la place des enfants qu'elle n'avait jamais eus et elle les chérissait, les choyait, les vaporisait, essuyait leur feuillage sans relâche. Chaque pot, céramique, terre cuite, verrerie, était choisi et placé en fonction de la personnalité de chaque arbre miniature et de façon à le valoriser au mieux.

Marie-Anne van Bar était originaire d'Amérique du Sud, d'Argentine pour être exact. De petite taille, elle accusait une trentaine de kilogrammes de surcharge pondérale et pensait être l'inspiratrice, si ce n'est l'initiatrice de tous les événements locaux passés, présents et à venir. Elle affichait une bonne humeur, régulièrement ombragée par des accès de fureur rentrée car elle s'emportait facilement, mais essayait de garder son calme.

Elle voyait d'un œil noir Wim et Miranda et leurs crêpes, d'autant plus que quelques adultes dont le préposé à la participation sociale, Jan Steekhart, s'étaient joints aux enfants. Avec lui, l'adjoint au maire chargé de la culture, Jan Spekenis, suivi par les deux agents du quartier, Abdel Hussain et Jeroen Mirenhop, semblait se régaler pareillement. Dans son imagination, leur présence impliquait une discussion au sujet des subventions et leur conversation était un conciliabule secret. L'arrivée de Janine Stoeken, l'assistante sociale, près de son stand détourna son attention des édiles.

7. Une drôle d'histoire

En sortant de chez Madame Céleste, Chloé prit le Reitszstraat pour se rendre au Kruger-plein. Un violent orage ayant éclaté au cours de la nuit, une buée éthérée montait de l'asphalte. Cette histoire qu'elle venait d'entendre la turlupinait. La chasse aux œufs de Pâques, la semaine dernière sur l'Afrikanerplein, avait remis une triste histoire en mémoire à la vieille dame. Une affaire vieille de huit à dix ans dont Chloé n'avait jamais encore entendu parler. Il est vrai qu'elle habitait le quartier seulement depuis un an. A sa sortie d'hôpital, après son accident où elle avait failli perdre la vie[1], elle avait décidé son déménagement. Son nouveau duplex, moins spacieux que l'autre, mais libre

---

[1] Voir *Crime à l'université.*

de souvenirs, lui plaisait bien. Situé au troisième étage, il comportait une grande terrasse
et les sols étaient recouverts de parquet à
l'exception de celui de la cuisine aux carreaux
de terre cuite gris bleuté. Les murs, d'une
teinte coquille d'œuf qui n'était pas pour lui
déplaire, avaient été remis à neuf avant la signature du contrat. Ses fenêtres donnaient,
d'un côté sur la vaste aire de jeux sponsorisée
par Nike, et de l'autre, ainsi que la terrasse,
sur les jardins intérieurs. En se penchant au-
dessus de la balustrade, elle apercevait
l'appartement de Madame Céleste dans le
fond sur la droite.

Trois jeunes enfants étaient morts de façon criminelle sans que l'on attrape jamais le
coupable. Oh, bien sûr, il y avait eu des soupçons et les langues étaient allées bon train,
mais la police était restée impuissante à dési-

gner l'assassin. Selon l'autopsie, il s'agissait bien d'un meurtrier, les enfants ayant tous des traces de scopolamine dans le sang et deux d'entre eux avaient été sujets à de violents maux d'abdomen accompagnés d'hémorragies, de vomissements de sang peu avant leur décès. S'il n'avait été question que de scopolamine, on aurait pu croire à un accident, que les enfants avaient avalé des baies vénéneuses, mais le médecin légiste avait constaté la présence de verre pilé dans leur estomac. Madame Céleste en frémissait encore.

Les parents des enfants décédés avaient déménagé peu après les accidents. Il n'y avait eu aucune mise en examen. Les gens avaient, pour la plupart, oublié l'affaire. Mais, elle, elle ne s'en souvenait que trop bien.

De voir ces jardins qui surgissaient comme des champignons à la place des pelouses l'inquiétaient. Personne n'avait plus la connaissance adéquate pour distinguer les plantes des mauvaises herbes, elle l'avait bien vu l'autre jour ! Alors, pour ce qui était des plantes toxiques… Tous ces lauriers-cerises qu'ils plantaient se révèleraient dangereux à l'automne. Les enfants confondraient les baies avec des petits fruits comestibles. Bien sûr, qu'elle n'était pas contre les jardins citadins, a priori. Mais, il aurait fallu un jardinier attitré pour superviser les plantations, discerner ce qui était sans danger ou non. Les habitants n'avaient pas voulu en entendre parler et la prenait pour une empêcheuse de tourner en rond. Pourquoi cette histoire lui revenait-elle en tête ? Elle l'ignorait. Cependant, elle était satisfaite d'avoir pu la partager avec Chloé qui la trouvait pour le moins étrange.

La vieille dame radotait peut-être un peu. Qui aurait voulu s'en prendre à des enfants de cette manière ? Pour sa part, elle avait eu assez connaissance de faits divers tous plus effroyables les uns que les autres où des enfants maltraités, torturés, abusés de cruelle façon avaient été les victimes de sadiques, mais elle n'avait jamais entendu parler d'enfants tués, comme cela gratuitement sans plus. Malheureusement, les crimes étaient le plus souvent d'ordre pédosexuel et le fait de psychopathes ou de malades mentaux du moins, était-ce ainsi que la presse les décriait.

Comme beaucoup de personnes, Chloé ne comprenait pas que l'on puisse faire souffrir des enfants. Loin d'être prude, elle acceptait sans le souhaiter pour elle-même, que d'autres aient une sexualité différente de la sienne. Tout était autorisé entre adultes consentants. Les deux derniers mots étant in-dispensables. Mais, inclure des enfants dans des plaisirs qui entraînaient des dégâts irrépa-rables, physiques ou psychologiques, lorsque ce n'était pas la mort, devaient être sévère-ment réprouvés. Dans le cas de violences sur des enfants, elle pensait ne pas être contre la peine de mort. Tous les sévices, sexuels ou non, devraient être rigoureusement condam-nés et doublement lorsque des enfants en étaient les victimes. D'un autre côté, elle comprenait très bien le dilemme des juges. En cela, Outreau avait retenti au-delà des frontiè-res, était parvenu jusqu'ici, l'affaire Dutroux aussi.

Arrivée sur le Krugerplein, la vue des éventaires bariolés chassa le souvenir de sa

conversation et elle se promit de faire une petite recherche sur la question plus tard.

8. Atelier de Sarah 2

Ma deuxième intervention à la Maison d'Arrêt me produit un tout autre effet, puisque déjà, quelques détails me frappent et émergent de la confusion d'impressions nouvelles. De loin, j'aperçois les murs de la forteresse éclairée comme un palace méridional avec ses toits plats en bordure du canal, il n'y manque que les palmiers. Il fait encore nuit d'un ciel ultramarin vangoghien d'où se sont enfuies les étoiles. L'entrée d'un immeuble suffit à créer l'écart entre la liberté et la détention, la frontière entre le monde libre et l'univers pénitentiaire délimitant distinctement les deux milieux. Pour accéder au parking, la barrière rouge et blanche, d'un passage à niveau, activée électroniquement à l'aide d'un code personnel, se relève devant la voiture. La porte est toujours aussi verte et, dans le premier sas de sécurité, le rituel toujours aussi précis. Je remets mon passeport et on me fait cadeau d'un badge blanc cette fois-ci. Aurais-je droit aux couleurs de l'arc-en-ciel cette semaine ? Même sans ce carton, je doute fort que l'on me prenne pour un exemplaire de la population détenue, puisque c'est d'un univers uniquement masculin qu'il s'agit.

Nous devons faire un détour par l'administration, chercher la liste des participants. Tâche dont S. se charge. L'escalier gris est bien éclairé avec ses marches luisantes de propreté. Quant au couloir, c'est un lieu ensoleillé malgré l'absence de fenêtres. Cet effet de luminosité provient du jaune clair dont les portes sont enduites. Le sol, revêtu d'un anthracite noir scintille sous les néons. Une am-

biance paisible règne dans ce désert matinal, inondé de clarté artificielle. Pas trop récalcitrante, une photocopieuse, à l'aspect fascinant, nous laisse utiliser ses services après que nous l'avons nourrie de feuilles blanches. Munis de partitions où s'étale La fleur que tu m'avais jetée *nous redescendons dans le hall d'entrée et franchissons plusieurs portes, les mêmes que lors de ma première visite.*

Un résident promu au nettoyage balaye le sol de la salle polyvalente. Sur ma requête, il m'aide à installer quelques tables en forme de U pour un "tour de table". Les garçons se rassemblent rapidement. Nous nous serrons la main avec plaisir avant de nous attabler prêts à l'attaque. Il s'agit déjà de retrouvailles.

Cet atelier est mis en place principalement pour fournir aux participants la possibilité de faire connaissance avec quelques fa-

cettes de l'opéra. Hier, S. m'a annoncé qu'il n'y aurait pas de spectacle. C'est dommage, mais si les résidents ne le veulent pas, alors nous ferons un atelier sans but de représentation.

Tout d'abord nous parlons de la voix, ingrédient primordial de l'opéra, ce qu'ils ont découvert à la première entrevue. Depuis, ils ont regardé un film de « Carmen » et travaillé sur la nouvelle de Prosper Mérimée en atelier de littérature. Ils ont reçu un livret raccourci, spécialement conçu pour eux, mettant la trame de l'histoire à nu. Plus avant dans l'intervention, nous en ferons une lecture complète avec musique. Bien que je doive connecter tout ce monde hétérogène ensemble, je veux éviter de trop les dépayser aujourd'hui et j'opte pour quelques exercices de théâtre dont ils pourront toujours se servir *dans les ateliers suivants. Surtout et principalement des exercices me permettant de recenser et d'inventorier le matériel dont je dispose.*

Pour commencer, la promenade au parc où chacun doit réagir suivant l'action décidée, laquelle révèle l'humour joyeux de T. ainsi que le bon caractère de J.-P. pendant les improvisations. Chacun joue un rôle choisi, apprend à incarner un personnage dans plusieurs situations théâtralisées. P. un danseur classique, évolue avec aise dans chaque mouvement.

Il est bien évident qu'en une semaine il est tout à fait possible d'aider des participants à atteindre une partie jusqu'alors inconnue d'eux-mêmes. Leur faire sentir un moment de liberté spirituelle et, faire comprendre par la musique, la nécessité de se contrôler, mais aussi de former un groupe où chacun doit être conscient des autres membres et où chaque être a une part de responsabilité. Des exigences simples, réalisables par tous, avec lesquelles nous entrons progressivement dans le domaine de l'opéra où la voix est reine et le rythme roi.

A la fin de la séance, nous formons un groupe homogène capable de jouer la chanson tzigane du second acte accompagnée d'une manière cohérente de six djembés, de claquements de mains, de frappements de pieds, de papier froissé, de frottements de sacs en plastique et d'un dos de chaise, le but étant de rechercher la possibilité d'intégrer les objets du quotidien dans la musique ou plus exactement de découvrir la musique dans les objets du quotidien. Moi-même je chante et garde le tempo. Après deux ou trois cou-

plets, plusieurs participants se joignent à moi et entonnent d'une voix très juste la mélodie avec un plaisir visible.

Sur une poignée de main franche, nous prenons congé les uns des autres en nous souhaitant bon appétit, nous promettant de nous retrouver demain.

***

– Toujours en pleine lecture ? »

Otto Krijger passait le cou dans l'embrasure de la porte. Hartevelt ne releva même pas et continua à déchiffrer les feuillets qu'il tenait dans les mains. Krijger s'assit et posa sur son bureau un sac à sandwich et un gobelet de carton.

– Tu ne m'as rien apporté ? remarqua avec surprise Hartevelt en levant les yeux.

– Tu sais l'heure qu'il est ? Il est huit heures. Tu as passé la nuit ici ou quoi ? Comment aurais-je pu savoir que tu étais déjà là ?

– Non, je n'ai pas dormi ici, mais j'en ai l'impression. Je suis venu vers sept heures. Je ne parvenais pas à oublier cette satanée histoire. Je trouve bizarre cette femme qui donne des ateliers d'opéra dans les prisons. Elle était musicienne, comme nous l'ont dit plusieurs personnes de son entourage. Mais, pour ce qu'ils en savaient, elle ne donnait pas d'atelier, seulement des leçons. D'un autre côté, elle vivait retirée, se mêlait peu aux gens du quartier qui, quand même la connaissaient. Il faudra attendre d'avoir interrogé tout le monde. Il devait bien y avoir une personne à qui elle se confiait plus qu'aux autres. »

9. Le photographe

Une grosse nuée noire cacha brusquement le soleil, enveloppa la place d'une ombre crépusculaire. Tous levèrent la tête supputant les chances d'une ondée soudaine. Une bourrasque secoua la toile des tentes, les tissus claquèrent au vent, quelques pancartes mal arrimées s'envolèrent en tourbillonnant, puis tout se figea dans une attente hagarde.

Lorsqu'ils furent revenus de leur surprise, ils purent voir Peter Handstra près de la fontaine. Hommes, femmes, chiens et enfants le remarquèrent. Il subjuguait les regards avec son Borsalino incliné nonchalamment sur le crâne. Les hommes jalousaient ses appareils photos portés dans une sacoche en cuir avec, fièrement pochées sur le rabat, ses initiales ;

les femmes roucoulaient en sa présence, désireuses d'être les prochains modèles choisis pour les séries de portraits tirés tout au long de l'année ; les chiens vinrent lui quémander une caresse dont il était toujours généreux ; les enfants, tout excités, crièrent à sa vue, certains de récolter des bonbons dont ses poches regorgeaient, hésitaient entre les crêpes sur leurs assiettes et les friandises à venir.

Peter Handstra, juché sur ses santiags crème, les jambes légèrement écartées, jugeait la scène dans son angle, tirait un Nikon de la sacoche et sans se presser, fixait la matinée à l'aide du numérique pour les générations à venir. Puis, de son pas souple de maître du quartier, il alla de stand en stand, serrer les mains des uns et des autres, le sourire dans les yeux et la plaisanterie aux lèvres.

Il faut le dire, Peter Handstra, où qu'il apparut, était loin de passer inaperçu et sa présence suscitait bien des ragots prononcés à voix basse et de préférence en son absence. On chuchotait avec persistance qu'un si bel homme, car il avait belle prestance, seul, c'était malsain. On ne lui connaissait aucune liaison intime. On aurait, à la rigueur, accepté qu'il se commette avec un homme à défaut d'une femme. Mais non. Rien. De là à considérer son intérêt pour les enfants comme suspect découlait de source. Jamais, cependant, quiconque avait observé un geste déplacé, une remarque insinuante de sa part. Pourtant, sa manie de les photographier à tous moments et de leur offrir des confiseries en veux-tu en voilà alarmait plus d'un habitant. Toutefois, leur quiétude revenait à la vue des portraits de leur progéniture chérie.

Peter Handstra n'avait pas de sujet de prédilection pour ses photographies. Il pouvait s'enthousiasmer pour les grands espaces pris avec l'œil de poisson, aussi bien que pour des insectes minuscules à l'aide de téléobjectifs. Il possédait aussi une gigantesque collection de tirages de nuages qu'il exposait ici ou là, mais les visages d'enfants, bambins et adolescents, filles et garçons, formaient la part du lion de sa production. Ce n'était un secret pour personne. Son esprit photographique était attiré par les enfants ce qui était réciproque, n'eusse été que pour les gâteries qu'il leur distribuait copieusement.

En bref, son seul tort vis-à-vis des gens du quartier, mais un de taille, était d'être venu s'installer récemment, à peine deux ans, et de rester assez secret sur ses occupations antérieures. Il participait à toutes les activités de plein air, prenait des photos, saluait poliment tout un chacun, mais se mêlait rarement aux discussions, et à plus forte raison, évitait toute confidence sur sa vie privée. Une telle attitude avait de quoi faire s'activer les langues, et pas toujours en sa faveur.

10. Les habitants

En cette journée ensoleillée, le Krugerplein réunissait toute la population. Active ou presque et attirait les curieux. Une petite foule déambulait et se pressait autour des stands. Les crêpes étaient avalées, les enfants s'égaillaient à nouveau sur la place, se précipitaient vers les attractions spécialement conçues pour eux. La plupart se mettaient à la peinture de portraits, toujours un grand succès. Ils enfilaient les combinaisons pour protéger leurs vêtements des éclaboussures et ressemblaient à une armée naine de peintres en bâtiment. Les adultes, groupés autour de la buvette, sirotaient, à défaut d'alcool, des thés divers et des limonades colorées, conversant sur tout et rien.

Chloé se rapprocha d'Abdel Hussein et Jeroen Mirenhop en vue de décrocher un rendez-vous. Elle désirait les entretenir de son livre en travaux, obtenir quelques détails sur le déroulement d'une enquête, mettre aussi à profit l'occasion pour s'informer sur cette histoire d'empoisonnement racontée par Madame Céleste. Jan Steekhart l'interpella, l'invita pour la grande conférence qui aurait lieu le surlendemain. Quant à Abdel et Hussein, ils étaient d'accord pour se rencontrer le lendemain ; Chloé pouvait venir au bureau dans la matinée.

C'était samedi. Les gens du quartier faisant leurs achats du week-end en profitaient pour faire un tour sur la place. Plusieurs femmes circulaient en burqa entre les étals. Seul leurs yeux, visibles dans la fente de leur voile, trahissaient leur espièglerie et leur plaisir. Elles s'amusaient franchement de leur sortie, poussant devant elles une marmaille récalcitrante qui voulait s'attarder devant les verres de limonade. Un homme en djellaba se chargeait de régler les babioles qu'elles achetaient. Leur mari polygame ? Un oncle ? Un frère ? Un père ? Difficile de savoir. Rien dans leur allure ne laissait présumer de leur âge. C'était tout de même un peu la sensation de la journée. Peter Handstra activait son Nikon et Wim Boerhaven, photographe à ses heures, délaissait un instant son stand pour prendre quelques clichés.

Franje et Maaike se levant de la terrasse du Cafvino, délaissaient Hermann Wolff, traversaient la chaussée et s'approchaient des bonsaïs où Marie-Anne van Bar et Janine Stoeken commentaient l'événement.

– Je sais pas quoi penser…

– Des burqas ?

– Ben... oui... C'est quand même bizarre de ne pas voir leur visage...

– Oui, c'est vrai... mais, bon... chacun est libre de s'habiller comme il l'entend.

– Dans un sens... Mais, là... c'est presque du camouflage.

– Le port du voile intégral est interdit dans les lieux publics, si vous vous souvenez. On dit que les communications entre les humains sont parfois non verbales et les expressions du visage sont illisibles à travers une burqa !

– Ben, oui... la loi prohibe son port dans tous les lieux publics.

– Ça, on le doit à Geert !

– Oui, mais dans un sens, c'est marginal. Ce problème concerne une toute petite minorité de la population musulmane et de cette manière, toute la communauté est stigmatisée.

– Là, tu as peut-être raison. Mais, qui sait si dans quelques années, il n'y en aura pas des milliers dans les rues si on ne met pas le holà de suite !

– Il n'empêche qu'à l'heure actuelle, dissimuler son visage dans les lieux publics constitue une infraction !

– Oui. Et comment tu voudrais faire appliquer la loi ? En demandant à la femme de se déshabiller ? Ou bien on les veut et on les intègre ou bien on les accepte pas !

– Mais tu délires ! La burqa, tout comme le niqab d'ailleurs, rend impossible l'identification. C'est la raison que Rita a donné pour faire passer la loi de prohibition.

– Oui, d'accord, depuis avril c'est interdit.

– Et, tu veux faire quoi là ? Tu ressembles à Geert !

– Oui, ben, tu veux que je te dise ? … Lui, il dit tout haut ce que les gens pensent tout bas. Ce n'est pas pour rien qu'il a récupéré tant de voix.

– Peut-être, mais sa manière de présenter les choses pourrait être un peu plus nuancée, non ?

– C'est comme si tu voyais quelqu'un fumer dans le bus. Tu sais très bien que c'est défendu, mais tu n'oses rien dire car tu as peur, déclara tout à coup Marie-Anne. Regardez, même Hussein et Jeroen ne disent rien.

– Là, tu exagères ! C'est pas du tout pareil.

– Peut-être pas si différent que cela, intervint Chloé, la peur joue certainement un rôle dans ce cas. Les gens ont souvent peur de ce qu'ils ne connaissent pas. Personnellement, je me demande s'il faut alléguer le principe d'identité. C'est indéniable qu'il est impossible de voir le visage, mais en définitive, c'est difficile à mettre en place cette interdiction. Et puis, doit-on aussi interdire les masques du mardi gras ou les passe-montagnes en hiver ? C'est complexe dès que l'on commence à réfléchir.

– Et les barbes ? Je ne voudrais pas faire du féminisme à outrance, mais un mec qui a une barbe fournie est méconnaissable. Ce n'est pas interdit que je sache et pourtant ça cache le visage, une barbe.

– A propos de féminisme. Est-ce que toutes les femmes qui choisissent de porter le voile se rendent compte de la bataille de leurs sœurs ? Que dirait Hada Chaaroui à l'heure actuelle ?

– C'est qui ?

– Une pionnière du féminisme en Égypte. Un jour, en rentrant au Caire d'une conférence en

Italie, elle a retiré son voile décrétant qu'il appartenait au passé. C'était en 1923. Elle n'a pas brûlé son soutien-gorge comme les filles en Europe, son action n'en a pas moins été révolutionnaire dans le contexte.

– Si on va par là, le port du voile n'est pas prescrit par le Coran.

– Tu l'as lu ?

– Oui, intégralement ! Du début à la fin et j'ai discuté avec plusieurs imams. Ils sont tous d'accord là-dessus.

– C'était des modérés, non ?

– Bien sûr ! Pas des salafistes ! Pour eux, la femme est un objet, une perle rare, un diamant qu'il faut protéger des regards des autres en la cachant sous un voile. Elles n'ont pas non plus le droit de conduire une voiture, de voyager seules ou, même de sortir faire les courses. Il faut toujours à leurs côtés la présence d'un être de sexe masculin, celui-ci pouvant très bien être un enfant.

– Mais, c'est horrible !

– Tu peux le voir comme ça. Cependant, l'extrême droite européenne, qu'il s'agisse de Geert, de Sarkozy ou de Le Pen ou des intégristes musulmans s'occupe peu de la femme qu'ils sacrifient allègrement à leur idéologie.

– Ouais… Personne ne devrait prescrire aux femmes ce qu'elles doivent porter.

– Parlant de codes vestimentaires… les bourrelets qui dépassent du pantalon taille basse surmontés d'un tee-shirt au ras des seins devraient être interdits au nom de la laideur et de l'inesthétique…

– Là, tu parles de quelques centaines de filles.

– Oui, tout comme pour la burqa. C'est une question de culture.

– Les piercings du nombril !

– Le sari !

– Le petit deux-pièces de Channel !

– Ou le salwaar kameez !

– C'est aussi une question de tolérance. L'habillement y joue un rôle crucial !

– Vous voulez que je vous dise ce que je trouve le plus bizarre avec tout cela ? » Personne ne répondit, chacune consciente de la question toute rhétorique. « Au moment où nous passons, enfin la société en général, le plus clair du temps à communiquer sans nous voir, courriel, Facebook, enfin l'Internet, on vient nous seriner que le visage est primordial dans la conversation et le contact comme si les rues étaient remplies de gens souriants et conversant à tour de bras ! Non, mais regardez autour de vous ! C'est paradoxal, cette histoire. Les gens évitent même de croiser leur re-

gard… alors… pour ce qui est de se parler !
C'est cela l'espace urbain !

– Pensez-vous que cette tenue, je veux dire le voile, c'est peut-être une manière de distanciation de la sexualisation généralisée de la culture occidentale ? Car enfin, c'est un choix vestimentaire, imposé ou non, là n'est pas la véritable question. C'est un phénomène éphémère, subsidiaire qui représente un conflit d'une autre envergure. Il s'agit de l'islamisation de la société occidentale, comme le dit Geert Wilders. Sommes-nous menacés par un nombre croissant de musulmans très croyants, voire radicaux et prosélytes ?

– Dis plutôt intégristes.

– Si tu veux. Le fait est que des filles refusent des classes de sport ou de biologie car contraire à l'islam et que des maris exigent que leurs épousent reçoivent les soins par des infirmières uniquement et soient examinées par des médecins femmes, que ce soit à l'hôpital ou par un médecin traitant.

– Oui, dans tout cela, la burqa est accessoire, c'est clair.

– C'est la traduction d'une grande question : a-t-on le droit de suivre complètement dans tous les instants de sa vie ses traditions et règles religieuses ? Là est la vraie question. Dans notre société occidentale, les gens étaient, au cours des siècles précédents, confrontés au catholicisme : l'Inquisition, les lois… Lorsque je suis arrivée aux Pays-Bas, il y a une quinzaine d'années, sur tous les formulaires, il fallait remplir la case relative à la religion, catholique ou protestante. De nos jours, une génération plus tard, je dirais, l'islam a pris le relais. L'affaire de la burqa n'est que le début d'une longue histoire, pour ne pas dire conflit, si vous voulez mon avis. »

11. Atelier Sarah 3

Ce matin, c'est la troisième fois que je traverse le portail d'entrée vers l'intérieur et, déjà presque un usage s'installe, une habitude. Le rite du sas est une tradition dont s'accoutument rapidement les visiteurs de l'établissement pénitentiaire, qu'ils fassent partie du personnel ou qu'ils soient intervenants culturels ou sociaux. Il faut sacrifier à l'usage quasiment automatique de vider ses poches en éliminant tout ustensile de fer, trousseaux de clefs, coupe-ongles, mis tous bien en évidence sur une petite table. Sans exception, ils déclencheraient le bip sonore du détecteur. Pratiquement gênée, je retire de la poche de mon manteau mes chauffe-oreilles, j'explique à quoi servent ces pompons noirs et j'ai du mal à comprendre pourquoi je me sens *toujours soulagée lorsque je réussis à passer le contrôle sans affoler les alarmes. La remise du badge, orange cette fois, confirme ce que je présumais : je suis admise en prison. Mais, je ne suis pas incarcérée ; là est toute la différence avec les résidents qui font un séjour involontaire, autrement prolongé dans l'enceinte. Malgré les mesures de sécurité auxquelles je suis soumise, nos situations n'ont rien en commun si ce n'est que nous faisons de la musique ensemble, ce qui pour moi reste, par ailleurs, le plus important. Pour ce matin, nous avons un programme fondé sur les données acquises hier que nous approfondirons.*

En premier lieu, nous analysons l'ouverture de Carmen. Nous apprenons à écouter et à discerner les émotions diverses, à les comprendre. Des évolutions dramatiques aident à intégrer les sentiments dans un jeu de scène rudimentaire, puis dans un jeu parlé, enfin joué. Le résultat est plus que satisfaisant. Tous déclament la même phrase anodine avec une attitude et une émotion variées. J.-Ph. élabore ses personnages très subtilement, séparant la colère et la tendresse d'une manière imperceptible, mais efficace. Nous faisons alterner de cette manière plusieurs caractères basés sur les personnages masculins de l'opéra. P. choisit, cela va de soi, d'effectuer les passes de toréador. Le fait d'être libéré demain lui donne des ailes.

Nous terminons cette séance par une répétition de plusieurs morceaux musicaux où nous utilisons tout un arsenal de percussions découvert dans la salle de régie. Le fait d'avoir des instruments traditionnels, initialement, freine légèrement le pouvoir inventif *du groupe. Pour beaucoup d'entre eux, c'est la première fois qu'ils tiennent dans les mains des maracas ou des castagnettes et ils doivent apprivoiser les sons. Ce qui hier était spontané, devient voulu, pensé aujourd'hui. Nous organisons notre orchestre. En l'espace d'un quart d'heure, nous atteignons de nouveau à une communication profonde au cœur de la musique. Les garçons osent alors quelques initiatives rythmiques, bien placées dans un désir d'harmonie flagrant dont la preuve est la réussite sans bavure d'un decrescendo parfait sans concertation préalable, que l'on obtient bien souvent qu'après des heures de répétition.*

12. Hartevelt, Krijger et Voorburg

Dubitatif, Hartevelt touillait son café.

– Quelque chose te tracasse ? interrogea Krijger.

– Pas vraiment, mais je me demande si lire ce journal va nous apporter une solution. Bon d'accord, elle faisait des ateliers dans une maison d'arrêt. Il y a bien un gars qu'elle mentionne qui sortait le lendemain. Pour en savoir plus, il faudrait déjà connaître la date de son intervention. On a des nouvelles là-dessus ?

– Pas encore. La circulaire a été envoyée ce matin et on est samedi. On n'aura rien avant lundi après-midi, si tout va bien.

– Oui, tu as raison. Et puis, comme tu dis : si tout va bien. En premier, savoir de quelle institution il s'agissait. De la centrale ou d'une succursale. Ensuite, la date et qui y participait. De là… on pourra comparer les initiales, mais mes tripes me disent que nous faisons fausse route. Enfin, il faudra bien tout contrôler quand même. Cette affaire s'annonce mal, si tu veux mon avis. »

Alors que Krijger allait répondre, Nico Voorburg, son éternel cigare au coin des lèvres, penchait la tête par l'entrebâillement de la porte.

– J'ai du nouveau du laboratoire de toxicologie et j'ai pensé que vous aimeriez avoir les news du jour.

– Oui, accouche gros.

– Le système nerveux parasympathique de notre beauté était hors service au moment du décès, ce qui est assez rare sauf si la petite a été dopée à la scopolamine, par exemple.

– Et bien sûr, on en a retrouvé dans son sang !

– Dans le mille ! Comme vous devriez le savoir, ce système nerveux est une des trois divisions du système nerveux autonome et il contrôle les activités involontaires des organes. Je vous fais le schéma simplifié. On l'appelle aussi le système vagal. Quant à la scopolamine, c'est un sédatif central qui provoque d'intenses hallucinations, mais là, je vous parle d'hallucinations délirantes où le sujet est incapable de discerner son monde intérieur de son environnement. A forte dose, l'intoxication se révèle la plupart du temps mortelle. Lorsque ce n'est pas le cas, le sujet subit des pertes de conscience, de l'amnésie. C'est une drogue utilisée par les violeurs car elle fait perdre toute volonté. En outre, elle est inodore et incolore. Très populaire, donc. En Colombie, les escrocs la font absorber à leurs victimes pour les dépouiller facilement. Ni vu, ni connu. Celles-ci ne se souviennent de rien au réveil. J'ai eu affaire à un gars qui s'est retrouvé au matin, après être sorti en boîte de nuit, dans son appartement totalement vide. Nu comme ma main. Il a d'abord pensé être autre part, mais des petits détails lui ont permis d'identifier l'endroit. Il descend chez le concierge et lui demande s'il sait ce qui s'est passé. Le portier lui déclare que, dans la nuit, il a charrié toutes ses affaires avec une bande de potes et les a chargées dans un camion de déménagement. " – Mais enfin ! Pourquoi m'avez-vous laissé faire cela, qu'il lui demande – Et pourquoi pas, répond l'autre, vous m'avez même demandé si je pouvais vous aider et laisser la porte cochère ouverte le temps de l'opération." Inutile de vous dire, le gars n'a jamais retrouvé ses meubles, ni les « potes » en question. Le plus drôle, il ne se rappelait strictement rien à partir du moment où il s'est assis au bar de la boîte. Il y est retourné, bien sûr. Le barman l'a reconnu et lui a confirmé qu'il avait passé du temps avec des potes. Le gars n'avait aucun copain dans le coin, il venait d'emménager. Flippant, non !

– Et on se le procure facilement ce produit ?

– Beaucoup de plantes d'appartement en recèlent. Pour qui est un peu botaniste, faire une décoction est des plus simples. Ou bien... on s'en sert aussi dans la lutte contre la maladie de Parkinson. C'est loin d'être exceptionnel.

– Donc, elle aurait ingurgité le truc à forte dose et...

– N'oubliez pas la blessure du crâne dont la violence a induit le décès.

– Deux causes de décès ?

– *Sorry* les gars. Impossible d'établir laquelle des deux s'est révélée fatale. Probablement les deux.

– Exception faite de l'ablation des seins et des croix gammées, elle n'a subi aucune brutalité ?

– Tu trouves que ce n'est pas assez ?

– Pas de sévices sexuels ?

– Non aucun. Le rapport du lab avec mes commentaires en fin d'après-midi, si cela vous va.

– Impec, merci. »

13. Madame Céleste au Krugerplein

Madame Céleste s'apprêtait pour sortir. Depuis le départ de Chloé, elle avait réfléchi. Elle allait inspecter les jardins et découvrir s'ils hébergeaient des plantes nocives. De sa fenêtre, elle voyait des fleurs qui ressemblaient étrangement à des daturas, espèces hautement vénéneuses. Tous leurs organes, fleurs, tiges, racines et feuilles étaient riches en alcaloïde et elle distinguait des efflorescences en forme de trompettes dont elle soupçonnait la nature. C'est bien beau des cultures de plantes ornementales en ville à la portée de tous les yeux, encore fallait-il être prudent avec certaines sortes. Ces herbacées pouvant atteindre deux mètres de hauteur étaient d'un bel effet et commençaient à fleurir, ce qui était inhabituel autant qu'elle le sache. Peut-être s'agissait-il d'autres plantes auquel cas tout serait en ordre. Toutefois, mieux valait s'en assurer.

Madame Céleste poussa le portillon de bois et se dirigea vers les plants en vue d'une inspection rigoureuse. Tout juste ce qu'elle supposait ! Bien évidemment, les jardiniers en herbe avaient opté pour la culture écologique et intercalé les daturas pour détruire les insectes, surtout les doryphores dont les larves succombaient après avoir grignoté les feuilles dont ils étaient si friands. L'effet serait tout aussi foudroyant pour un enfant faisant de même.

N'ayant aucune autorité pour arracher les plants sur l'instant, Madame Céleste prit le chemin du Krugerplein où elle était certaine de trouver tout le quartier réuni.

Marie-Anne van Bar la vit la première et lui cria de venir les rejoindre autour d'une tasse de thé avec Chloé, justement.

Parmi les habitants attablés à la terrasse improvisée, la discussion tournait autour de la fête à venir du soir. Devait-on faire appel à d'autres personnes pour le buffet. Miranda Hamel trouvait l'offre trop exotique. Pourquoi toujours proposer des plats turcs, marocains ou antillais ! Mais, la réponse était simple : pour la grande majorité, les habitants du quartier étaient originaires de la Turquie, du Maroc et des Antilles ou du Suriname. Il était logique pour eux de cuisiner des plats issus de leur culture. La question se posait différemment pour la soirée : Marie-Anne avait tout organisé. On aurait donc droit à une dégustation de gastronomie argentine.

– Et pourquoi ne pas offrir des beignets de pomme, » insistait Miranda qui en voulait pour représenter une friandise néerlandaise. Le manque de temps s'avérait tout de même un problème insurmontable pour elle.

Madame Céleste écoutait la conversation sans y prendre part. La cuisine hollandaise comportait peu de choix pour les amuse-gueule, selon elle. Des petits blocs de fromage sur toast ou garnis de moutarde, des crevettes pelées, des boulettes de viande hachée frites ou, ces derniers temps, des légumes crus coupés de façon plus ou moins artistique. Pas de quoi allécher les appétits. C'était à l'avenant de la cuisine traditionnelle. Pas à dire, les Bataves avaient raté le bateau de la gastronomie. S'ils étaient les champions incontestables dans le domaine de l'aménagement de l'eau, en ce qui concernait les menus, ils étaient restés sur la rive. *Tartines, tartines et encore tartines*, résumait assez bien leurs préférences culinaires. L'avantage était le gain de temps consacré à la préparation des repas. Pour le festif, c'était autre chose. D'où la tendance à s'adresser au allochtones qui sans hésiter passaient des heures, voire des jours dans la cuisine en vue de célébrations gustatives.

La conversation s'étant transportée sur les baies d'argousier nouvellement découvertes par Franje qui en vantait les propriétés curatives, Madame Céleste en profita pour faire part de ses inquiétudes au sujet des plants de daturas dans les jardins. Elle était soucieuse sans toutefois réussir à convaincre ses interlocuteurs sur cette affaire de la plus haute importance. Les autres y voyaient une exagération manquant de fondement. Ces fleurs embellissaient les plates-bandes. Et qui aurait pu avoir intérêt à y voir autre chose qu'une décoration ? Seuls les jeunes bambins risquaient d'arracher des feuilles, voire des branches, et leurs parents se gardaient bien de les laisser sans supervision dans les jardins. Mais au moins, plaidait Madame Céleste, que l'on mette quelques panneaux d'avertissement. Selon Franje, cela aurait inutilement attiré l'attention sur la particularité nocive de la plante. Personne ne se mettait à manger des plantes d'ornement. Souligner l'interdiction pour l'une risquait de rendre les autres proscrites et savait-on jusqu'où cela pourrait-il mener. Non, non ! Les pancartes précisant l'accès interdit aux chiens et aux enfants non accompagnés d'un adulte devaient suffire. Pourquoi compliquer les choses. Madame Céleste vit qu'elle n'obtiendrait pas gain de cause et préféra abandonner le sujet. Elle avait fait de son mieux pour porter le danger au cœur du débat. Peut-être, après tout, se faisait-elle du souci inutilement. Elle l'espérait de tout cœur.

14. Marie-Anne van Bar et Chloé

Chloé avait rejoint son étal sur lequel elle proposait quelques sculptures et deux ou trois tableaux. Elle avait disposé le tout d'une manière judicieuse. Une statuette à laquelle le soleil de plus en plus brillant donnait presque des reflets d'or faisait face au portrait d'un chat qui semblait ainsi admirer la danseuse en résine. Chloé savait que les travaux qui lui tenaient le plus à cœur étaient, en règle générale, les moins appréciés du public qui préférait les animaux domestiques, que ce soit en peinture ou en tridimensionnel. Si elle désirait vendre son travail, force lui était de se conformer au goût des acheteurs potentiels. En cela, elle se pliait à la loi du marché et étalait, de ce fait, plusieurs styles que les chalands divisaient en art abstrait et en figuratif.

Pour elle, toutefois, faire des concessions était hors de propos. Ses chats avaient quelque chose de surréel tout en étant reconnaissables. Ils avaient tout du félin, mais il aurait été impossible d'en voir de semblables dans la vraie vie. Trop effilés, trop longs, la tête trop menue par rapport au corps, ainsi qu'une queue démesurée fouettant l'air alentour. Ils avaient, avec leurs moustaches droites et leurs yeux écarquillés, conquis les passants qui, agglutinés près de la table d'exposition, découvraient avoir une envie folle de possession, ce qui était loin de déplaire à Chloé, ravie du tour que prenait la matinée.

Elle rendait la monnaie à une dame qui venait de faire l'acquisition d'un couple de chatons irisés dans les tons pastel lorsqu'elle vit Marie-Anne van Bar s'approcher avec, sur un plateau, deux tasses de thé. Chloé aimait bien l'Argentine. Être étrangères en ce pays de Bataves les rapprochait. Sans être devenues de grandes amies inséparables, elles se rencontraient régulièrement avec plaisir chez l'une ou l'autre pour prendre un thé et réfléchir ensemble aux problèmes du quartier. Au fil des conversations, elles s'étaient découvert de nombreux points communs. Ainsi, étaient-elles d'accord sur le caractère impossible de Janine Stoeken. Marie-Anne affirmait sans ciller que c'était une incapable qui devait son poste à la position de son frère. Chloé s'abstenait de tout commentaire sur le sujet ignorant le degré de parenté entre les deux personnages, mais elle se rangeait au même avis pour ce qui était de l'incompétence notoire de Janine ; ce qui, par ailleurs, ne les paralysait nullement dans leur amabilité vis-à-vis de cette dernière. Chloé professait l'opinion de rendre toute mesquinerie par de la gentillesse ; point de vue adopté par Marie-Anne, friande de brouillage de cartes. Ainsi, Janine restait-elle persuadée de sa popularité près des deux femmes. Aussi venait-elle vers elles avec le sourire lors des réunions mensuelles auxquelles elles participaient toutes les trois.

Se tenant légèrement à l'écart du stand, elles sirotaient leur Earl Grey dont l'ambre translucide se reflétait sur leurs doigts au travers des tasses en verre. Marie-Anne faisait part à Chloé de sa joie de se connaître et de prochainement travailler ensemble sur un projet. Lequel n'était pas encore défini, mais se profilait dans un avenir prochain, elle en était convaincue. Chloé ignorait ce qui amenait son interlocutrice à tant d'optimisme quant à une éventuelle collaboration entre elles. Pour sa part, un programme commun appartenait au domaine des impossibles, mais elle se gardait bien de dissuader Marie-Anne de poursuivre son imagination dans cette voie. Qui sait ? Une idée brillante pouvait surgir et il aurait été dommage de la rater. Il serait toujours temps d'aviser si l'occasion se présentait. Marie-Anne ne tarissait pas d'éloges sur son travail, ressassant ses compliments, de toute évidence, sincères. Elle s'extasiait aussi bien sur les chats, vantant leur caractère singulier, qu'elle s'engouait pour les sculptures plus abstraites, n'ayant jamais rien vu de similaire, déclarait-elle. Chloé la croyait car elle savait son travail sortir de l'ordinaire, ce qui parfois lui causait du tort, les clients optant, a priori, pour des objets plus conformes aux normes usitées, à ce que possédaient leurs voisins. Même ceux qui se targuaient d'originalité élisaient le plus souvent des bibelots assez banals ne surgissant pas du commun. Les gens délaissent la plupart du temps ce qui les propulserait sur le devant de la scène. Rarement, ils porteront leur choix sur cet objet spécial qui les ferait reconnaître par leurs semblables comme une personne ayant un goût personnel et inattendu. Ils ont bien trop peur du qu'en dira-t-on et sortir de la norme, ou ce qu'ils considèrent, à tort bien des fois, comme telle, les effraie au plus haut point car cela pourrait leur attirer les critiques de leurs congénères. Alors, ils se rabattent sur le tout-venant, remplis de la culpabilité de n'avoir rien fait que désirer sortir du lot. Les inciter au contraire serait superfétatoire et une perte de temps notoire, Chloé en était profondément persuadée, raison pour laquelle elle s'abstenait d'essayer d'influencer ses clients. Seuls quelques connaisseurs étaient ouverts à ses commentaires et éclaircissements. Les autres restaient fermés à toute forme d'exégèse aussi brillante fut-elle.

Qu'est-ce que l'art, s'interrogeait Chloé dans son for intérieur. Que représentait-il pour elle ? Un exutoire ? Une passion ? Une nécessité ? Une façon de dépenser son énergie, de la diriger ? Certainement l'art est-il tout cela simultanément. Un équilibre entre les forces conscientes et inconscientes de l'homme ou de la femme. Pourquoi fallait-il cette précision ? Depuis la révolution féminine, il était devenu impossible de parler de l'homme en tant qu'humain sans y ajouter la femme ce qui donnait une dimension sexuelle – de genre auraient dit les universitaires américaines – là où elle n'avait pas lieu d'être. Sans affirmer que faire ces différences soit vain, il y avait peut-être des combats plus impérieux à mener car le résultat n'en était pas toujours probant. Dans l'art, par exemple, il était difficile de s'y attacher. Un dessinateur, une dessinatrice étaient totalement acceptés tout comme illustrateur et illustratrice. Mais que penser de peintre ? Comment le décliner ? Une peintrice ? Une peintresse ? Là encore, il fallait une entorse et on disait une femme peintre ! Pourquoi mettre toujours l'accent sur le sexe de la personne ? Cela amenuisait le concept puisque dans l'histoire de l'art, les femmes étaient loin d'avoir la place qui leur revenait par leur talent incontestable, mais si contesté. Peintre, sculpteur, soliste, choriste, chef d'orchestre avec parfois l'article défini ou indéfini, masculin ou féminin devrait suffire. Un peintre, une peintre. Un soliste, une soliste. Un chef d'orchestre, une chef d'orchestre. Cheftaine d'orchestre aurait été ridicule, accentuant une inconséquence de mauvais aloi, comme si la personne en question agissait avec désinvolture, de manière fantaisiste et irréfléchie, enfantine. Elle dirigeait l'orchestre de façon sommaire et bâclée, avec des gestes frivoles et dérisoires voire futiles et superficiels. Bref, une sorte de dévergondée au pupitre qui pourrait être plaisante mais, dont le sérieux indispensable à la tâche laisserait à désirer pour ne pas dire qu'il serait totalement absent.

Cheftaine d'orchestre posséderait une touche de facétie, ce serait une vraie blague. Elle serait dérisoire celle que l'on nommerait ainsi, tout à fait négligeable aux yeux des autres alors que Madame la chef d'orchestre en imposerait tout autant que chef d'orchestre au contraire de cheftaine qui serait incompatible, car tautologique, avec Madame. La linguistique devrait se tenir à l'écart de l'art et éviter de s'immiscer dans ses disciplines. L'art est trop grand pour le supporter, c'est le rabaisser au niveau d'une polémique opiniâtre et mal venue. L'art est la reproduction et l'expression d'une âme. Celle-ci peut-être sereine ou tourmentée, paisible ou passionnée.

15. La fête

– Et bien, on peut dire selon la formule consacrée, que la fête bat son plein, non ? »

Question toute rhétorique que posait un habitant nouvellement arrivé. « Le coin des habitants », un appartement du rez-de-chaussée gracieusement mis à la disposition par la coopérative des propriétaires, rayonnait du brouhaha des discussions. Les mots et les rires fusaient dans l'air chaud, les enfants couraient en riant et criant leur joie de vivre. Ils rentraient, sortaient, revenaient dans un charivari joyeux sans qu'aucun adulte ne leur intimât silence.

Cependant, dans un coin, quelques-uns discutaient avec un air sérieux à voix sinon basse, du moins sans la hausse habituelle à ce genre de réunion allègre.

Force est de le reconnaître, Marie-Anne van Bar avait fait les choses grandement. Sur les tables, habillées de nappes en papier aux couleurs bariolées, étaient disposés des napperons en dentelles, blancs, de formes géométriques. Des ronds, des losanges, des triangles, côtoyaient des découpes étoilées en rectangle ou même en croix. Au second regard, la dentelière s'avérait avoir été l'une de ces machines qui font des patrons. Par endroit, le papier était coupé si fin qu'il semblait être des fils qui s'entrecroisaient, frisant l'illusion parfaite. Sur les broderies, des plats de victuailles sucrées et salées, s'amoncelaient généreusement avec élégance, mêlant savamment les couleurs et les structures dans une caresse visuelle qui promettait les délices des palais. Tous s'accordaient sur ce point : Marie-Anne van Bar était une cuisinière hors pair, excellant tout autant dans les pâtisseries, les entremets, les desserts et les viandes en sauce ou grillées agrémentées de saveurs toutes plus fascinantes les unes que les autres.

La fête gustative avait vraiment commencé. Tous savouraient les mets inconnus ou reconnaissables dont ils élaboraient des portions sur leur assiette en carton. Les fourchettes en plastique étaient délaissées pour la sensation plus directe des bouchées prises entre le pouce et l'index et enfournées en une seule fois, qu'il fallait mâcher et déglutir sans s'étouffer pour certains tant ils avaient la bouche pleine. Les mandibules activées à fond ralentissaient un tant soit peu les conversations. Disons-le carrément. Ils s'empiffraient, faisaient bombance profitant d'un repas gracieusement offert et, qui plus est, délicieux.

Les enfants, gavés de crêpes et de gaufres au cours de l'après-midi, oubliaient de demander à goûter les mets, de façon générale, réservés aux adultes.

Comme il arrive fréquemment où les gens s'assemblent, se restaurent et s'adonnent à des libations plus ou moins contrôlées, les souvenirs affluaient et les anecdotes surgissaient. Comme souvent, au cours de réunions où les boissons, sans couler à flots, offrent tout de même des rafraîchissements plus que suffisants, les histoires remontant d'un passé plus ou moins lointain, devenaient de plus en plus glauques. Après les aléas de la guerre et le manque permanent de vivres, ce que par ailleurs, la plupart des habitants présents n'avaient connu que par ouïe-dire, c'était au tour des dealers de faire les frais des commérages plutôt bon enfant, lorsqu'un habitant du

Tugelaweg se remémora à haute voix sa surprise quand il s'était heurté, un matin en sortant de chez lui pour se rendre à son travail, au cadavre d'un garçon dans le portique de son immeuble.

– Un SDF, un SDF !!! Pas du tout !!! C'était un drogué. Un pauvre gosse d'Allemagne dont les parents étaient loin de supposer la raison de sa venue à Amsterdam. Pauvre gosse ! Ah, cela m'avait fait un drôle de coup ! »

Et chacun de donner sa version de l'histoire, même s'il n'avait rien vu d'autre que le reportage télévisé de deux minutes à peine, présenté au journal de vingt heures. Certains avaient manqué ce truculent épisode (pensez donc ! Ce n'est pas tous les jours que l'on trouve un macchabée à deux pas de chez soi !), ce qui les empêchait nullement de rapporter le plus de détails.

Untel parlait de couleur de chevelure, un autre de celle des prunelles ; une femme décrivait des vêtements imaginés et le fin du fin formait le témoignage des substances ingurgitées par ce malheureux garçon. On passait outre le fait qu'il ait pris une overdose par voie intraveineuse. Le fait est qu'il avait encore, plantée dans le creux du coude, l'aiguille de la seringue qui pendait pleine de sang touchant à peine le bras. Le pauvre garçon avait été foudroyé par l'intensité de la drogue et l'attaque était survenue avant qu'il ait terminé son injection, son visage crispé dans la surprise de la douleur soudaine au lieu du nirvana attendu. Ces détails-là, c'était des policiers qui les détenaient du médecin légiste du bureau. Ils étaient de service cette nuit-là et le gosse était arrivé au petit matin.

– Brrrr, c'est macabre vos histoires, marmon-na Anne-Marie van Bar au même moment où Antonio passait la porte, sa guitare sous le bras. Viens, viens vite faire de la musique, tout le monde est triste ! Mais tu es tout seul ?

– Non, non. Mario arrive tout de suite et Ra-mon aussi. Ils garent la voiture. »

Sensible comme il l'était, l'humeur mo-rose de l'assemblée ne lui échappa pas. Il commença à libérer son instrument de sa cais-se.

Le bois de la guitare luisait de son vernis acajou clair et contrastait agréablement sur le velours bleu roi tapissant l'intérieur du petit coffre. Le chevalet, décoré de plusieurs pom-pons minuscules en peluche jaune et rouge, était en bel ivoire ancien, travaillé en forme de dentelle, un peu comme le peigne accrochant la mantille d'une danseuse de flamenco ; lui répondaient dans le même matériel, bien droits et sans décorations, les sillets, de tête et de chevalet. Mais, où l'on pouvait déduire qu'il s'agissait d'un instrument authentique était la vue des frettes faites d'un ivoire qui semblait encore plus ancien car jauni et un peu fendillé de stries grises par endroits. La table d'harmonie présentait une marqueterie d'arabesques fleuries de nacre autour de la rosace avec des branches semblant se disperser sur l'éclisse et partir sur la touche dont le noir du bois d'ébène faisait ressortir l'irisé du patchwork nacré.

Antonio pris délicatement dans ses bras l'instrument qui se mit à vibrer sous les attouchements de ses doigts visant l'harmonie des cordes entre elles. La joue, collée contre le bois, il tournait entre le pouce et l'index les clefs et accordait sur un air connu de lui seul.

Enfin, prêt, il égrena quelques notes qui tintinnabulèrent dans le silence recueilli qui éclatait soudain. Chaque personne, écoutait subjuguée, comme toutes les fois qu'un musicien lance sa plainte, avec fougue ou tristesse, dans une expectative respectueuse ce qui tenait du miracle pour qui la production de ces sons enchanteurs faisait partie du domaine des impossibilités quotidiennes. En outre, Antonio chantait. Sa voix, modeste en somme, bien posée, dont il se servait à bon escient, transmettait des émotions dont on ressentait la justesse. Son articulation, fluide et détachée, donnait à chacun l'impression de comprendre les paroles dont, cependant, la langue lui était inconnue, car les syllabes transféraient les sentiments enfouis en tout homme au cours de son existence : l'amour, l'amitié, la passion, le bonheur, la tristesse et la joie. Antonio avait le bon goût de ne chanter que les airs qui mettaient en valeur son timbre et de laisser à d'autres le soin d'interpréter ceux qui l'auraient desservi.

> *Quiso escribir el poeta*
> *El amor que sentia*
> *Mas Cuando vio que la gente*
> *Eso amor lo vendia*
> *Lloro, el poeta lloro,*
> *El poeta lloro,*
> *Y el poeta lloro*

Une personne dont l'esprit plus disponible était moins colonisé par l'ambiance, remarqua les deux hommes qui s'encadraient dans le chambranle de la porte donnant sur la rue. Eux aussi portaient un instrument, mais sans respect pour l'artiste, ils l'interpellèrent brutalement. Peu comprirent les paroles prononcées en espagnol, mais tous saisirent l'urgence de la situation. Dehors, se passait une chose inhabituelle. Cela, ils le perçurent bien lorsque Antonio posa, sans ménagements, sa guitare à côté de lui sur une chaise et leur emboîta le pas vers la sortie.

Ces mots lancés à la ronde créèrent une sorte de curiosité malsaine. Ils pensèrent qu'une personne devait s'être trouvée mal à quelques pas de la porte et, dans le brouhaha de chaises repoussées, ils s'élancèrent à la suite des trois Espagnols.

Les jambes allongées sur le trottoir et la tête penchée sur la poitrine, un homme, inconnu du quartier, marmonnait des paroles, pris d'ivresse. Quelqu'un aurait, selon lui, tenté de le dévaliser, ce qui à première vue apparaissait pour le moins surprenant, l'homme n'ayant pas l'air de posséder des richesses autres que les hardes qu'il portait sur lui. Il se remettait péniblement debout, s'appuyant d'une main au mur et de l'autre se massant la tempe droite.

– Ah, si Sam avait été là, ils ne s'en seraient pas pris à moi. » Cette phrase était à peine prononcée, qu'un gros berger allemand se faufilant entre les jambes des badauds vint se placer à ses côtés.

– Et bien, te voilà toi ! » Il lui flattait le crâne que le chien, rendu penaud par le ton de reproche de la voix, laissait pendre lamentablement au bout de son cou.

Si l'homme était vêtu de manière fantaisiste d'un pantalon jaune, d'un pull violet et d'un blazer orange, il avait l'air propre sur lui et rien d'un clochard. Ce qui dénotait, c'était sa coiffure : une tignasse rousse qui, sans être hirsute, n'en n'était pas moins extravagante avec des mèches pointant dans toutes les directions et de longueurs diverses.

L'homme insistait. Il avait bel et bien été victime d'une attaque, mais ayant été agressé par derrière, il était incapable de décrire son ou ses agresseurs. Seule une bosse sur le haut du crâne témoignait de la véracité de ses dires.

Abdel et Jeroen se mirent d'accord sur ce point : l'homme disait vrai. Ils lui proposèrent de l'accompagner à l'hôpital. L'homme décrivit la situation en détail et il apparut qu'il attendait son ami parti acheter quelques friandises au snackbar du coin. Il s'apprêtait à s'asseoir lorsqu'il avait reçu un coup sur la tête. Il avait bien entendu des pas derrière lui, mais sans y prendre garde. Après tout, on était en ville et ne pouvait s'attendre à être seul dans une rue. Il venait rarement par ici et le Tugelaweg, sans lui être totalement inconnu, ne lui était pas pour autant familier. Arrivé à ce point de son histoire, il vit son compagnon arriver, se tourna vers lui pour lui narrer l'histoire et ne s'occupa plus ni des badauds ni des agents. Tous les deux se frayèrent un chemin parmi la petite foule en direction du Middenweg, suivis par Jeroen et Abdel, bien décidés à lui faire valoir les avantages à déposer plainte. L'homme ne voulait rien savoir et, insistait-il, personne ne pourrait l'obliger à aller faire cette déposition. Il connaissait ses droits. En outre, selon lui, les agents avaient suffisamment de matériel et pouvaient très bien, si le cœur leur en disait, dresser un procès-verbal. Abdel et Jeroen s'y résignèrent, sachant que l'homme avait vu juste, bien qu'ils regrettassent sa décision. Après lui avoir remis une copie, ils le quittèrent, le regardant s'éloigner avec son ami et son chien.

16. La fête continue

« Circulez, rien à signaler ! » n'avait été prononcé par personne, mais tout le monde avait compris que la distraction inopinée était terminée et rentrait vers le buffet alléchant, pour la plupart saluant l'occasion de se servir un petit remontant.

Madame Céleste, Chloé, Anne-Marie van Bar et quelques autres étaient restés à l'intérieur attendant les nouvelles de ceux qui s'étaient précipités au dehors. A leur retour, les détails abondaient. Rien de vraiment sensationnel. Un homme, étranger au quartier, s'était, selon ses dires, fait agressé. Tous maintenant supputaient la véracité plausible d'une telle affirmation. Un hématome trônait sur le crâne de l'homme. Il aurait pu se faire cette bosse en tombant émit Janet Nieuwen-huis. La répartie fut véhémente. Elle n'avait pas vu le type, pour dire cela ! Impossible de se blesser sur le dessus de la tête en tombant ! En se cognant, oui ; mais pas en tombant. Non, ça jamais ! Les autres étaient unanimes. Par ailleurs, il avait fallu se servir d'un objet pour faire une telle blessure. Ça, c'était certain.

– De quoi, j'entends parler de blessure ! Qui s'est blessé ? Jan Steekhart faisait une entrée.

– Ah, Jan ! Tu as pu venir ! Formidable ». Anne-Marie van Bar était aux anges. Le succès de sa petite exposition était assuré puisque le représentant des édiles s'était déplacé.

Il fut rapidement mis au courant des faits. Mais, comme chacun parlait sans savoir et tous parlaient en même temps, il n'y comprit rien. En parfait diplomate, il souriait à tous, évitant de demander des précisions et jouant le rôle de celui pour qui la situation n'a aucune zone d'ombre.

Sans se faire prier, il accepta une assiette garnie de mets colorés, la reposa délicatement sur un coin de table après un moment sans se faire remarquer et, verre en main, prit part à la discussion qui portait alors sur l'heure de la séance de cinéma.

Tous iraient. Ce serait un moment agréable passé ensemble. *Inception*. Chloé l'avait déjà vu trois fois. Elle avait même acquis le DVD, mais elle était partante pour le voir une fois de plus. Marie-Anne van Bar s'occupait à amonceler des victuailles dans des boîtes en plastique. Le gueuleton se poursuivrait devant l'écran. Oui, Jan Steekhart viendrait aussi. En bon diplomate, il savait naviguer parmi les écueils de la jalousie, les frôlant parfois, sans jamais y faire naufrage. Il connaissait trop bien son petit monde pour cela.

Le studio de danse du Tugelaweg avait été transformé en salle de cinéma miniature. En « lounge de cinéma » aurait été plus correct à dire. Les grands miroirs, masqués derrière les rideaux blancs faisaient place à un écran géant sur lequel se projetait un firmament pourpre parsemé d'étoiles, donnant l'impression d'être à bord d'un vaisseau spatial lancé dans l'infini à une vitesse supersonique. « Apple » pensèrent certains ; « Mac » pensèrent d'autres.

Des coussins énormes de formes variées recouvraient le sol avec çà et là des tables basses très basses. Dans le fond de la pièce, quelques fauteuils confortables étaient alignés pour qui préférait la hauteur au ras de parquet.

Wim et Miranda s'affairaient avec Marie-Anne van Bar autour de la table dressée le long du mur, et répartissaient la nourriture sur des assiettes en carton. L'allure en était nettement moins alléchante que dans la Maison du quartier. Après tout, c'était les restes. En revanche, le coin du bar saisissait par la diversité des coloris des breuvages. Des bouteilles en forme de dôme, de poire, carrées, rondes, pyramidales, biseautées, grumelées, striées, contenaient des liquides jaunes, orange, bruns, pourpres à côté des plus connus Johnny Walker et son cocher botté, Courvoisier et l'homme au tricorne décédé à Sainte-Hélène ou encore les deux petits terriers, l'un blanc, l'autre noir. L'exotisme parfait pour les assoiffés ne craignant pas les mélanges.

17. Hartevelt lit aux enfants

Le titre était, comme à l'accoutumée prometteur. Remco et Anneke étaient toujours friands des livres que leur offrait leur oncle, le frère de leur père, Pieter Hartevelt, doyen de la Faculté des lettres de l'Université d'Amsterdam, l'UvA comme tout le monde l'appelait en abréviation[2]. Les deux frères partageaient un amour immodéré de la littérature russe qu'ils espéraient bien inculquer aux enfants. Pour parvenir à leurs fins, les contes leur paraissaient la manière la plus sûre pour commencer. Et Dieu sait si la littérature russe en comprenait !

Attirés par les superbes illustrations, les enfants s'étaient laissés emporter par l'enthousiasme des adultes et, pas un soir ne

---

[2] Voir *Crime à l'université*.

se passait sans qu'ils reçoivent leur portion de fééric, de sorcières et de poésie. Gerrit Harte- velt avait le don d'émouvoir par sa voix qu'il pouvait transformer à loisir selon le personna- ge en cause. Il incarnait tour à tour la sorcière, le petit enfant, la princesse ou tout autre per- sonnage du merveilleux. C'est aussi avec un effet dramatique calculé qu'il annonça le ti- tre :

— Tsarevna la grenouille.

Il était une fois un royaume dont le tsar avait trois fils.

Un jour, le tsar fit venir ses fils et leur par- la ainsi :

— Mes fils, mes fiers faucons, le temps est venu pour vous de prendre femme. Je veux voir vos enfants - mes petits-enfants. Prenez vos arcs, tournez-vous de trois côtés différents

et décochez chacun une flèche. Là où elle tombera sera votre fiancée.

La flèche du fils aîné se planta dans le balcon de bois d'une riche maison, juste devant la chambre de la fille d'un boyard. Celle du fils puîné tomba devant la demeure d'un riche marchand, au moment où la fille du marchand s'apprêtait à descendre.

– C'est quoi un fils puîné ?

– C'est le fils le plus jeune.

– Alors, lui, il est un fils puîné ?

– Anneke, il me semble t'avoir déjà expliqué qu'il était impoli de dire lui, ou elle, lorsque l'on parle d'une personne présente. C'est Remco. Et puis, un fils puîné, c'est seulement s'il y a plusieurs fils.

– Pas le fils aîné non plus ?

– Non. Tu es l'aînée et Remco est le cadet. On

peut dire son frère cadet, ou sa sœur aînée, par exemple.

Ivan-tsarévitch le cadet, lui, vit sa flèche se ficher dans la boue d'un marais, où une grenouille s'en empara. Ivan-tsarévitch lui demanda :

– Grenouille, grenouille, rends-moi ma flèche.

Et la grenouille répondit :

– Epouse-moi !

– Tu veux que j'épouse une grenouille ? Les gens vont se moquer de moi. »

– Et pourquoi, il doit se marier avec une grenouille ?

– Il doit pas se marier avec, il doit l'épouser, t'es bête !

– Bon, les enfants, je pense que si on se dispute, je vais arrêter la lecture. Épouser et se marier, c'est une autre façon de dire la même chose.

— Moi, je le savais, bouda Anneke.

— Pas vrai, répliqua Remco qui n'avait aucune idée de ce que ces deux mots signifiaient.

— Vous voulez savoir ce qui arriva ensuite ?

— Oui, oui. » Là, tous les deux étaient bien d'accord.

— *Il le faut, Ivan-tsarévitch. C'est ton destin. Rien à faire. Ivan-tsarévitch enveloppa le petit animal dans son mouchoir et l'emporta au palais royal, tout triste.*

— *Les trois noces eurent lieu le même jour et, le lendemain, le tsar convoqua ses fils.*

— Allez, tout le monde au lit. La suite demain, les enfants, » vint interrompre Marlyne, soucieuse de respecter les horaires. Le lendemain était un jour d'école.

18. Placement des vitrines

Ce lundi matin, un soleil éclatant inondait la place Steve Biko comme si la pluie de la veille avait été un mauvais rêve. Chloé, devant la grille qu'elle déverrouillait, fixait stupéfaite le cadenas l'empêchant d'ouvrir les battants de la porte cochère de la Laing's Neckstraat. Comment cela était-il possible ? Elle était dans l'incapacité de conduire une voiture jusqu'à la porte de son atelier pour charger ou décharger, le passage étant ainsi obstrué. Le jour était vraiment mal choisi. Personne ne lui avait fait part de ce nouveau développement dans l'organisation. Sept heures quinze et personne au rendez-vous. C'en était à mourir de rage et de désolation.

Chloé, bien décidée à garder sa bonne humeur malgré tout, se concentrait sur le jeu des ombres naissantes des feuillages sur le pavé et réfléchissait ardemment à une solution quand Elisabeth Maurey tourna le coin de la rue à bicyclette avec une joviale salutation. Après lui avoir retourné tout aussi joyeusement son bonjour, Chloé lui montra résignée le cadenas. A son tour, Elisabeth spéculait sur le bien-fondé d'une telle initiative et le fait que le chef de chantier, qui devait se présenter à sept heures n'était pas encore là alors que la demie de sept heures sonnait au clocher de l'église de la James Wattstraat.

Elisabeth et Chloé, tout à leur conversation virent Joris Hoeven leur faire de grands signes de bras pour les saluer. Il descendit de vélo et commença d'enrouler son antivol autour d'un poteau pour l'attacher solidement et le protéger d'un éventuel cambrioleur. Il prenait son temps, enroulant et déroulant plusieurs fois afin d'être certain de choisir la meilleure option. Chloé, sur des charbons ardents, le regardait faire, s'interrogeant sur la nécessité de telle précaution. Un peu tôt pour les pillards !

Enfin, Joris était prêt pour écouter le problème de fermeture. Non, il n'avait pas la clef et tous les trois observaient les barreaux de la porte cochère qui barrait le passage aussi sûrement qu'une porte de prison forme obstacle à l'évasion des prisonniers. Une possibilité s'imposait pour résoudre ce fâcheux contretemps. Téléphoner à Wim et s'informer s'il avait reçu une clef, lui, et dans l'affirmative, le prier de venir ouvrir. Il était le seul à qui s'adresser, les bureaux de la mairie étant encore fermés à cette heure matinale et Cornelis Dircks, le responsable des bâtiments, encore sous la couette à n'en pas douter. Un fait heureux se révéla dans ce mélodrame, Joris possédait et un portable et le numéro de Wim dans son répertoire. Au soulagement général, Wim avait bien la clef et il venait les délivrer ; il serait là dans une quinzaine de minutes.

Sans le montrer, Chloé fulminait, rageuse de s'être levée si tôt pour rien. En colère aussi de n'avoir pas reçu un double pour être en mesure d'ouvrir le cadenas. Elle résilierait son contrat de location avec la mairie et leur laisserait cet atelier où elle se sentait mal à l'aise. Cette histoire de grille cadenassée était le comble, la légendaire petite goutte ! Si malgré l'assurance qu'ils réitéraient d'être heureux de la compter parmi les locataires, ils avaient voulu la chasser, et bien, ils avaient réussi. Elle attendrait quelques semaines et leur ferait part de sa décision.

En attendant, Elisabeth et Joris avaient entamé une discussion à bâtons rompus sur le cadavre de la digue, l'affaire s'étant propagée dans les journaux. Selon Joris, les infos régionales lui avait dédié un reportage où l'on voyait l'endroit balisé et une très belle vue du canal. De là, leur conversation glissa sur le quartier et, enfin, le projet des vitrines, ce pour quoi ils étaient réunis ce matin, et l'amélioration certaine que cela apporterait à la rue, plutôt tristounette, une fois les vitrines installées. Là-dessus, ils étaient bien d'accord. Chloé écoutait d'une oreille distraite, se sentant peu d'humeur à être sociable. Elle souriait vaguement, donnant l'air d'acquiescer leurs propos anodins.

Enfin, Wim arriva monté sur sa bécane ; au même moment, l'entrepreneur garait sa fourgonnette et sa remorque. Presque le ti-ming parfait avec une heure de retard.

19. Atelier Sarah 4

Les portes auraient-elles disparu ? Je ne le pense pas. Cependant, elles s'ouvrent, se ferment, je les passe et les repasse, franchissant leur seuil sans plus les percevoir. Nous sommes un tant soit peu en avance. La routine s'installe, le temps n'existe plus. C'est la troisième matinée de la semaine prévue, toute une éternité s'est écoulée depuis lundi. Les surveillants sont amicaux, il me semble reconnaître leur visage. Ce matin tout le monde sourit. Les nuages s'auréolent de pastels roses et bleus, s'installent dans l'horizon encadré par le chambranle de la fenêtre du bureau des activités Sud. Pour un bref instant, le ciel surgit dans la pièce, s'étale sur les murs, se cogne aux livres et, irradie de nacre tendre les tasses de porcelaine blanche, pétales de nénu-

phars sur l'onde de la table. Court interlude au parfum de café avant que les résidents ne descendent. Aujourd'hui de l'innovation au programme. De toute évidence, après le résultat positif achevé hier, je vais devoir ouvrir quelques voies supplémentaires.

Nous commençons par l'écriture. A l'aide de papier à musique, je démontre le langage musical annoté sur les partitions. Un traitement succinct, mais complet de la clef de sol, la clef de fa, les dièses, les bécarres, les bémols, les gammes provoque quelques questions pertinentes de la part de l'auditoire. Je suis amenée à expliquer la notation de la musique classique indienne. R. est très intéressé et vraisemblablement il attrape sans problème la conception de l'existence de plusieurs idiomes musicaux rendus par l'écriture. J'insiste sur le fait qu'il y a des règles à res-

pecter, que nous sommes uniquement libres dans un cadre prescrit, une structure à l'intérieur de laquelle toutes les improvisations sont possibles tant que les règles données ne sont pas transgressées.

Je fais suivre cette section théorique par des exercices de technique théâtrale : la pêche à la ligne et la mise en scène du prélude de Carmen : la joie, la gaieté, le drame. Les garçons entrent en contact avec leurs émotions profondes grâce à l'exercice vocal précédent sur le diaphragme. L'opéra étant un art temporel, je voudrais leur apprendre demain à étirer une émotion dans un laps de temps choisi, à mesurer un peu plus leur action en fonction de la musique ou en fonction d'un concept.

Leurs prestations musicales sont nettement en progression depuis hier, à croire qu'ils ne font que ça ! Je constate avec plaisir que de ce fait leurs exigences vis-à-vis d'eux-mêmes se sont accrues ; dans l'ensemble ils ne souffrent pas d'une ambition démesurée. Sans se déchaîner comme des forcenés, ils produisent un son homogène très correct, d'où seule leur sensibilité humaine émerge. Ces hommes possèdent des capacités créatives irréfragables, capables de toucher aux dimensions essentielles de l'existence, les atteignant plus par l'émotif que par le cognitif. Grâce à la musique le message passe et plusieurs d'entre eux plongent spontanément dans le chant sans pour autant cesser de jouer l'instrument rythmique choisi, ce qui en soit est déjà un exploit. Tout musicien professionnel pourra l'affirmer : rien n'est plus difficile que de chanter et de jouer des percussions simultanément. E., tout en malaxant sa djembé, laisse entendre un ténor lyrique bien posé. C'est la première fois qu'il chante. D. entonne les refrains, Y. ose un solo et, c'est avec surprise que je perçois distinctement les voix de R. et de P.

20. Chloé, Jeroen et Abdel

Le nouveau bâtiment du commissariat s'érigeait tout de granit noir et de verre fumé. A l'extérieur, rien ne filtrait de l'intérieur. Cela lui procurait un air légèrement mystérieux, sombre et menaçant tout à la fois. Les portes battantes s'ouvrirent et offrirent passage à un couple apparemment sous le coup d'une forte émotion. La femme, une grosse blonde boudinée en prêt-à-porter imitation cuir, portait des leggings deux tailles trop justes et un tee-shirt d'où deux mamelles tentaient de s'échapper par une découpure en biais qui faisait office de décolleté. Il était difficile de discerner le patron des pierres incrustées qui enrichissait la devanture d'une veste à franges s'arrêtant à la ceinture et mettant en valeur un fessier à faire bander un impuissant. L'homme paradait dans un jean taille basse en faux cuir et des bottes simili croco rouge lui donnaient cet inimitable et tant de fois imitée allure de faux cow-boy, d'autant plus que son marcel, échancré jusqu'au bas-ventre faisait la part belle à un bateau sombrant dans des flots se perdant au-dessous du nombril. Une constellation de messages en tous genres égayait ses bras et son dos parsemés de fleurs, d'ancres, de drapeaux, de verres pleins et vides avec une grande profusion de voiliers, d'aigles et de couteaux entremêlés où dominaient le noir et le rouge. Des bagues à chaque doigt ou presque rappelaient plus un coup de poing américain qu'une devanture de bijouterie ! Cet effet spécial était laissé à son poitrail velu qui exhibait une multitude de chaînes de différentes grosseurs et une médaille énorme. Cette joaillerie aurifère était des plus déconcertante.

Mais, ce qui impressionna le plus Chloé fut le comportement de l'homme qui s'inclina de façon aérienne devant elle en lui tenant la porte ouverte après avoir laissé passer sa compagne. Le « bonjour » qu'il émit d'une voix claire et chaleureuse démontra, une fois de plus, que les apparences pouvaient être très trompeuses.

Chloé déclara ses noms et qualité au préposé derrière le comptoir de la réception ainsi que l'objet de sa visite. Oui, l'homme était au courant. Si, elle voulait bien attendre, on allait venir la chercher. Son attente dura peu. Jeroen et Abdel venaient à sa rencontre les mains tendues. Ils passèrent dans un bureau où se trouvait l'indispensable machine à café, les tasses et la bouilloire pour l'eau du thé. Autant prendre ses aises tout en discutant confortablement.

Chloé venait s'informer des procédures en cas d'homicide pour le polar qu'elle écrivait. L'idée ne pouvait que les enthousiasmer. D'une chose à l'autre, la conversation glissa sur les quelques crimes qui avaient jalonné l'histoire du quartier, dans l'ensemble plutôt tranquille. Abdel fit aussi allusion à ce mystère d'empoisonnement des enfants dont Chloé avait déjà entendu parler par Madame Céleste.

– A propos d'empoisonnement, Wim et Miranda ont dû trop boire hier au soir car ils sont à l'hôpital avec vomissements, fièvre et tout le tintouin !

– Ah, bon ?

– Oui, c'est hier au soir que ça a commencé après le film lorsqu'ils rangeaient la salle ou quand ils étaient rentrés, je n'ai pas bien suivi.

– J'ignorais. Et, alors ?

– Ben, alors, ils ont appelé le médecin qui a préconisé un lavage d'estomac.

– Tant que ça ! »

Chloé et Jeroen écoutaient ébahis le récit d'Abdel.

– C'est Jan qui me l'a dit ce matin quand je l'ai croisé.

– Ben dis donc, pour être hospitalisés ce devait être sévère tout de même. Ils n'avaient pas l'air d'avoir tant bu que cela.

– Le mélange, peut-être, avec le stress de la fête.

– Oui… ou bien la nourriture… »

Jeroen était soudain pensif :

– Et bien Chloé, voilà de l'eau à ton moulin ! Encore un truc à éclaircir peut-être ?

– Oui, d'autant plus que le docteur a ordonné une analyse du lavage comme il se doit.

– Bah, ce doit être la chaleur. De toute façon, nous avons presque tous mangé les même mets et seulement eux ont été incommodés. Moi, je penche pour le stress et trop de boisson. Tu sais, lorsqu'ils s'y mettent… ils ont une bonne descente.

– Oui, pour toi qui ne bois que de l'eau et des jus de fruits…

– Et du thé ! Tu oublies aussi le lait !

– Bon, du thé, de l'eau et des jus de fruits. Comme si le thé était autre chose que de l'eau ! Encore un truc oublié ?

– Oui, mais tu ne comprendrais pas !

– Bon, enfin, pour toi, dès qu'on prend une ou deux bières on est alcoolo !

– Là, tu exagères ! Chloé non plus ne boit pas d'alcool et elle est catholique.

– Ah, excusez-moi, mais moi, je bois le champagne de marque. Pas le mousseux, c'est vrai.

– Moi, non ».

La discussion dérivait sur les préférences gustatives et œnologiques des uns et des autres. Une dernière tasse de thé et ils se quittèrent satisfaits d'un moment passé ensemble à discuter de tout et de rien.

21. Lunch à Frankendael

Frankendael. Le restaurant le plus chic et cher du quartier. Situé dans le parc du même nom, la place se nommait en fait « La Serre ». Le restaurant était installé sur le lieu où se trouvaient, auparavant, les serres municipales amstellodamoises ce qui avait été la raison pour le prénommer ainsi. Un endroit tout en blanc et gris pâle où la clarté pénétrait à foison par les châssis vitrés immenses dont le mécanisme rénové permettait la commande des ouvertures. Une fois, Chloé avait donné rendez-vous ici à Miranda. Aujourd'hui, elle y était venue seule pour se reposer et réfléchir. Elle aimait cette ambiance de luxe sobre alliant les teintes neutres et la lumière. C'était tout ce qu'il lui fallait pour mettre ses idées en ordre.

Les amuse-bouches, une substance indis-
cernable vert pomme surmontée d'une fleur
aux pétales rouges et mauves avec une boule
de caviar minuscule au milieu furent apportés
sur un petit plat ovale en argent massif, sem-
blait-il. Chloé n'était pas particulièrement
friande d'œufs de poisson, qu'il s'agisse de
beluga ou autres, mais elle se força un peu car
elle était venue pour se détendre et il était hors
de question de gâcher son plaisir en ces lieux
élyséens. Cela, toutes proportions gardées,
bien entendu, car on était à Amsterdam : de
l'argenterie, des verres en cristal sur des nappes blanches damassées, un éclairage naturel,
formaient déjà pour les Bataves le comble du
luxe et, pour certains d'entre eux, c'était même synonyme de luxure et de dévergondage.
On ne devait pas l'oublier, mais on était ici en
domaine calviniste où toute jouissance, fut-

elle innocente et sans danger, était des plus suspectes.

Les Bataves voyaient le mal partout, sauf lorsqu'il était question de s'enrichir. A ce jeu, tous les coups ou presque étaient permis. N'y avait-il pas le dicton favori « Un Hollandais vendrait sa mère s'il pouvait en tirer un bénéfice quelconque ». Chloé souriait. Il y avait du vrai dans cette phrase. Ne connaissait-elle pas des amis qui achetaient leur pain entier puisque le faire débiter en tranches coûtait deux centimes supplémentaires ? Et ce petit livre d'elle ne savait plus qui, qui préconisait des commandements pour faire des économies et s'était vendu comme des petits pains frais un dimanche matin. Un passage l'avait spécialement amusée.

Si on voulait économiser à moindres frais, c'était le cas de le dire, il suffisait de ne pas recevoir ou de faire en sorte que les visites ne s'éternisent pas. Pour cela, un moyen ayant fait ses preuves en hiver, était de baisser le chauffage de plusieurs degrés et de bien se couvrir. Les visiteurs, moins couverts que les propriétaires cela allait de soi, chez eux ils poussaient le chauffage au-dessus de quatorze degrés, se levaient rapidement pour prendre congé après une tasse de thé. Faire le thé très clair en se resservant, de préférence, d'un sachet usagé était aussi une manière de s'assurer qu'ils ne désireraient pas une seconde tasse. Seconde, car troisième étant totalement hors de question et exclue. On parlait bien d'une deuxième finale. Pendant que l'on en était à la cérémonie du thé, il ne fallait jamais, selon l'opuscule, laisser une boîte de gâteaux secs ouverte sur la table. Faire circuler la boîte n'était pas une bonne idée. Le mieux était de la présenter en la tenant fermement, remettre le couvercle et la ranger hors de portée des invités était la marche à suivre garante d'une séance de thé réussie. La même chose valait tout naturellement pour le café. Toutefois, celui-ci étant nettement plus onéreux, mieux valait s'en tenir au thé.

Un autre passage que Chloé avait particulièrement apprécié était celui du papier hygiénique où l'auteur conseillait lors de sorties de se munir d'un grand sac, voire un cabas, et de piller les rouleaux dans les bars ou restaurants même chez des hôtes. Et oui ! A quoi servait sinon d'être invité quelque part. Si l'on recevait, faire en sorte que tout papier soit absent du petit coin. Si quelqu'un manifestait le désir d'aller se soulager, lui donner ostensiblement un rouleau. Ainsi, il ne lui viendrait pas à l'idée de l'emporter !

Chloé riait presque en se rappelant l'épisode des timbres. Toujours proposer aux amis de poster leur courrier. L'emporter chez soi et décoller les timbres qui pourraient servir pour ses propres lettres avant de les mettre à la boîte. Elle se souvenait d'une amie qui lui avait dit avec sérieux : « Fais attention, en Mongolie si tu veux envoyer des cartes car les gens décollent les timbres. » Sur le moment, elle n'avait pas compris. Jusqu'à ce que l'année dernière elle lise cet ouvrage. Néanmoins, elle avait pu en faire l'expérience par elle-même. Non seulement les Mongols envoyaient bien le courrier qui leur était confié, mais leur sens de l'hospitalité différait grandement de celui des Néerlandais.

Pourquoi les gens disaient-ils Hollandais alors que Néerlandais était le mot juste et parlaient-ils de Hollande au lieu de Pays-Bas ?

Elle l'avait souvent constaté, même dans les médias, soi-disant les meilleurs.

Une serveuse apportait l'entrée consistant en petits friands délicatement posés sur des feuilles de verdure, mâche, persil, menthe, cresson et fenouil, inventoria prestement Chloé. Seule ombre au tableau, mais qu'il fallait bien supporter avec le sourire, la fille décrivait le contenu de chaque pâté et énumérait les différentes feuilles. C'était une nouvelle tendance de certains restaurants. Tout juste si la recette complète n'était pas déclamée.

Après un remerciement de circonstance et un vague sourire aux lèvres, Chloé laissait son esprit vagabonder vers les événements du week-end.

Il y avait cette femme trouvée nue et amputée sur les bords du canal et l'agression de l'inconnu devant la maison du quartier. Par ailleurs, Wim et Miranda semblaient avoir été empoisonnés. Quelle en était la cause ? Difficile à dénouer, mais d'autant plus suspect après l'histoire que lui avait racontée Madame Céleste. Ou alors cela était totalement fortuit et n'avait rien de spécial et c'était le résultat d'une pure coïncidence. Après tout, Wim et Miranda pouvaient très bien avoir mangé autre chose que les mets servis à la fête. Chez eux, par exemple, un truc pouvait traîner dans le frigo et ils l'avaient pris après ou même avant d'aller à la fête. Difficile à dire. Pour savoir, il faudrait leur parler.

Tout absorbée par le fil de ses pensées, Chloé remarqua à peine la serveuse qui venait la débarrasser car elle avait terminé son assiette.

– Merci, fit-elle l'air absent. »

Elle regarda autour d'elle avec la nette impression que quelqu'un l'observait. Cependant, tous les clients étaient soit en conversation avec leurs vis-à-vis, soit profondément plongés dans la contemplation du contenu des mets posés devant eux.

Sans trop savoir ce qu'elle dégustait, car elle avait écouté d'une oreille distraite la serveuse lui donner les détails de la composition de son plat, Chloé laissait ses pensées divaguer vers Wim et Miranda.

Elle les connaissait depuis peu, mais Miranda lui avait confié que son enfance avait été assombrie par les abus d'un père tyrannique qui faisait trembler la maisonnée sous son empire. Il lui avait été impossible de démêler la nature exacte des abus paternels. Toutefois, il en ressortait pour Miranda la nécessité de faire des choses pour les enfants, leur procurer le plus de plaisir possible. Que ce soit sous forme de petits repas improvisés ou de séances de jeux. Pour Wim, la question était plus délicate. Chloé n'avait jamais eu de conversation intime avec lui et elle ignorait si ses occupations avec les enfants étaient le résultat de son désir de plaire à Miranda ou provenaient d'un souhait personnel. Quoi qu'il en soit, les enfants se plaisaient en leur compagnie et participaient de grand cœur aux activités organisées par le couple. Restait cet étrange empoisonnement nécessitant une admission à l'hôpital.

Chloé avalait la dernière cuillerée de son sorbet lorsque son téléphone vibra sur la nappe. Elle se leva et sortit pour prendre l'appel ; le numéro d'Eliane s'affichait.

Sa sœur, qui faisait un séjour en Espagne, lui annonçait son retour pour le lendemain. Chloé nota le numéro de vol et l'heure d'arrivée. Elle se faisait une joie d'aller la chercher.

22. Atelier Sarah 5

Comme à l'accoutumée, c'est après avoir franchi les grilles que je pénètre dans la section où l'atelier opéra a lieu. J'ai reçu un badge plus rouge qu'orange. S. m'annonce que nous devrons tout de même présenter un spectacle. Nous longeons les murs paille et saumon pour rester bloqués dans une portion de couloir. Le surveillant du contrôle de sécurité est absent. Son poste est désert, le fonctionnement d'appel des listes de résidents est totalement déréglé. Un centre pénitentiaire fonctionne tel une montre. Chaque rouage s'enclenche dans les créneaux d'un second. Qu'une seule pièce manque à son assignation et le système s'immobilise après le déroutement inquiétant de ses constituants ! Nous faisons parti du socio, on nous prête un surveillant de la buanderie. Heureusement nous pourrons travailler ce matin. Les garçons arrivent encore sous le choc de l'inquiétude qui s'était emparée d'eux. Nous accusons un léger retard dû aux pérégrinations carcérales.

Tous sont présents. Il est évident que pas un d'eux ne voudrait manquer le travail. Nous ouvrons la séance par la lecture dramatique du livret. J.P. se propose pour jouer Don José en action, P. sera Escamillo, Y. Zuniga, T. Don José récitant, P. Prosper Mérimée. E. jouera un toréador, M. devient Lilas Pastia, J.-Ph., M. et D., seront tour à tour soldats, bandits et badauds. S., probablement le plus dramatique de la troupe, avec un talent théâtral indéniable, travaille encore pour une matinée avec nous, mais demain il sera en permission de Noël et ne pourra participer au spectacle ne réintégrant sa cellule que le 27.

La lecture du livret ouvre la discussion sur la personnalité et le caractère des personnages de l'opéra, la distinction entre l'œuvre de Mérimée et de Bizet. La discrimination entre la nouvelle et l'opéra est clairement perçue. Tout d'abord, je désire installer la sensation du filage en chacun, leur donner confiance, qu'ils osent lire en public et, par-dessus tout, qu'ils trouvent au fond d'eux-mêmes une interprétation plausible de leur personnage, l'importance n'étant pas de déclamer d'une manière imposée, mais de déceler en soi une corde sensible, être susceptible de concevoir le ton recherché concordant, si possible, avec la vision du metteur en scène. Tous, sans exception, se donnent pleinement.

***

Hartevelt, toujours plongé dans la lecture du journal de Sarah, étendit la main pour prendre le combiné du téléphone quand Krijger le devança :

– T'inquiète, je l'ai déjà. » Il allait reprendre sa lecture lorsque les onomatopées de son collègue le tirèrent tout à fait dans l'instant présent. Il leva les yeux et la vue de Krijger lui fit comprendre qu'il y avait encore quelque chose qui se tramait ou venait de se produire. Quand ce dernier raccrocha, il lui fit part des dernières nouvelles.

– Deux habitants du quartier viennent de décéder à l'hôpital où ils ont été admis hier soir tard dans la nuit. D'après le docteur, il s'agirait d'un empoisonnement.

– Et, merde ! s'exclama Hartevelt en entendant cela. Mais, c'est quoi ce putain de quartier ! Ils font quoi ces putains de gens !

– C'est un couple. Hans et Séverine Dubosc. Le légiste en saura plus après l'autopsie, mais cela ne fait aucun doute quant à l'empoisonnement.

– Bon, il faut annoncer une réunion d'urgence pour tous les gens du quartier que l'on peut contacter. Connaître leur emploi du temps, ce qu'ils ont mangé, avec qui et tout le tintouin. »

23. La réunion extraordinaire

Comme à l'accoutumée, chaque personne entrant se dirigeait vers la table où était la machine à café et la théière. C'était un rite immuable. Aucune réunion n'aurait pu se dérouler sans ces deux breuvages agrémentés d'un petit gâteau sec.

Jan Steekhart en personne avait prévenu Chloé de la réunion extraordinaire. Deux autres habitants du quartier, présents à la soirée cinéma, étaient décédés des suites d'un probable empoisonnement. Il était urgent de comprendre ce qui se passait. Entre-temps, Wim et Miranda étaient à nouveau sur pied et bien qu'un peu pâlichons, ils faisaient leur entrée et prenaient place à la table de conférence.

Pour l'occasion, les tables avaient été placées de telle façon à former un grand carré de manière à ce que tout le monde puisse se faire face. Chloé refusa la tasse de café que Janet Nieuwenhuis venait aimablement lui porter. Elle était bien décidée à ne plus rien avaler qui ne provienne de ses propres provisions. Wim alla remplir d'eau deux gobelets en plastique à la fontaine des toilettes et il en tendit un à Miranda. Bien que cela paraisse une bonne idée à Chloé, elle s'abstint de l'imiter, étant persuadée de pouvoir passer une heure ou deux sans boire. Janet Nieuwenhuis vint s'asseoir sur la chaise vide à côté d'elle et but le café qu'elle lui avait présenté.

Janet était une fille sympathique, un peu simplette peut-être, mais toujours pleine de bonnes idées. On lui devait, entre autres, les balançoires accrochées dans les arbres pour les enfants, une solution qui s'avérait moins onéreuse que l'installation de portiques. Pour simple et évidente qu'elle soit, personne n'y avait encore jamais songé. On avait ainsi pu mettre une vingtaine de balançoires ici et là dans le quartier à la plus grande joie des enfants.

Les habitués étaient au complet lorsque Jan Spekhuis et Abdel Hussein pénétrèrent dans la salle, suivis de Peter Handstra bardé de tous ses appareils. Il avait coutume de photographier les assemblées pour le petit journal local. Jeroen et Abdel se versèrent tous les deux une tasse de café et prirent place à la table. Peter se prépara à prendre quelques photos.

– Bonsoir, entama Jan. Le but de cette réunion, pour le moins extraordinaire, est de déceler et de répertorier qui a mangé quoi et où pendant la journée d'hier.

– C'est inadmissible, s'insurgea Marie-Anne van Bar. Jamais personne n'est tombé malade après avoir mangé ma nourriture. Celui qui a dit ça est un menteur et veut me porter préjudice. »

La réunion démarrait mal.

– Personne n'accuse personne. Mais, en voyant ce que tout le monde a mangé, on arrivera peut-être à savoir où était le poison ou du moins la cause de l'empoisonnement.

– Tu veux dire que l'empoisonnement n'était pas accidentel ? demanda Janet Nieuwenhuis.

– En effet, tout laisse à penser qu'il s'agirait d'un acte délibéré.

– Exactement comme avec les enfants à l'époque.

– Pas exactement. Bien qu'il me soit impossible d'en dire plus, la situation est légèrement différente. Toutefois, nous avons deux morts et deux personnes ayant subi un empoisonnement plus léger, puisqu'il n'était pas mortel. Donc, nous voudrions dresser une liste de tous les mets et une liste des personnes qui en ont mangé. Simplement qui a mangé ou bu quoi. Même les choses qui n'étaient pas à la fête.

– C'est sûr que ce n'était pas quelque chose de la fête, tempêta Marie-Anne van Bar. Ni l'après-midi, ni le soir. D'ailleurs, le soir c'était des restes de la journée. »

Après maints recoupements, il s'éleva une voix tonitruante. C'était celle de Peter Handstra.

– Tout le monde a mangé de tout, toute la journée et toute la soirée. » Bien que ce fût l'évidence qui ressortait des listes, sa remarque ne fut pas au goût de tout le monde.

– On ne t'a rien demandé et contente-toi de faire tes photos !

– Mais, qu'est-ce qui te prends de lui parler comme ça ?

– Mais, c'est vrai, non ? Toujours à tourner autour des gosses et maintenant deux habitants sont morts et il faudrait encore écouter ses salades.

– Bon, mais tu dérailles. Que Hans et Séverine soient décédés n'a rien à voir dans l'histoire.

– Je n'en suis pas si sûre. J'en ai marre. Voilà que ça recommence.

– Ce n'est peut-être pas le moment de parler de ça, tenta de s'interposer Wim.

– Oh, toi. Ce n'est pas le moment non plus. Toujours à prendre toutes les subventions, explosa Marie-Anne. Vous n'habitez même pas le quartier et vous venez rafler tout le pognon pour vos projets à la con. » Rien ne put endiguer le flot d'accusations. Tout y passa. Des projets les plus récents à des activités depuis longtemps oubliées par tous. Diplomates, Wim et Miranda évitaient de répondre, mais même cela leur était reproché.

– Vous ne dites rien, hein ? Parce que vous savez bien que c'est vrai. » C'est tout juste si Marie-Anne ne leur mit pas sur le dos la mort d'Hans et de Séverine.

Les choses ne risquaient pas de se calmer d'elles-mêmes.

Jeroen et Abdel s'interposèrent avec autorité :

– Je vous rappelle que deux personnes sont décédées…

– Et eux, Marie-Anne montrait Wim et Miranda du doigt. Tu y crois à leur empoisonnement. Ils ont bon pied bon œil alors que les autres sont morts, non ?

– Marie-Anne. Le mieux est de remettre ces rancunes à plus tard pour une explication entre vous s'il y a lieu. A vous d'en juger. Mais, pour l'instant, on a d'autres chats à fouetter. »

Sans savoir qui donna le premier coup, on vit Miranda et Marie-Anne rouler à terre se battant, se griffant comme deux furies ? Peter Handstra qui déployait son appareil pour fixer la scène se vit catapulter contre le mur, son appareil vola en l'air et il fut projeté dans l'escalier. Cela sembla le signal de départ d'un pugilat incontrôlé avec des « pédo » qui fusaient ici et là. Marie-Anne et Miranda se jetèrent de concert sur lui, oubliant les griefs qui les avaient fait se rosser l'une l'autre. Jeroen et Abdel essayaient en vain de séparer les habitants qui se ruaient dans la mêlée. Seules Chloé et Madame Céleste se tenaient à l'écart en compagnie des deux inspecteurs qui abandonnèrent leur idée de vouloir séparer les combattants. Imperturbable, Jan Steekhart en profita pour remplir sa tasse à la cafetière et Janine Stoeken plongea le nez dans ses notes.

Aussi soudainement qu'elle avait commencé, la bagarre s'arrêta. Peter Handstra s'éloigna et d'un haussement d'épaules signifia son mécontentement. Le géant aurait facilement pu les blesser, mais il n'en avait rien fait malgré qu'un de ses objectifs ait été pulvérisé.

– Ce que vous pouvez être cons, » maugréa-t-il en disparaissant sur le trottoir.

24. Atelier Sarah 6

A l'entrée, je remarque des badges de toutes les couleurs dans un grand tiroir en bois de l'autre côté de la vitre. Au moins une centaine de petits cartons sont rangés bien sagement, serrés les uns contre les autres toutes teintes confondues. Je demande si je peux en recevoir un bleu pour s'accorder avec mon pull-over, car ce matin je suis tout en bleu. Les cheveux parsemés de minuscules peignes assortis, je me suis coiffée d'une queue-de-cheval. Indigo est ma couleur préférée. Je me suis laissée dire par un psychanalyste de mes amis que c'était le signe d'aspiration à la beauté. Le surveillant m'annonce qu'il ne peut m'en fournir qu'un rouge que, par ailleurs, je trouve plutôt orange. S. pense que je blague, alors que je suis on ne peut plus sérieuse. Il m'explique que la couleur reçue correspond à l'endroit de la prison où l'on doit se rendre. Probablement que les couleurs changent également suivant les dates puisque j'ai eu droit à plusieurs teintes au cours de mes visites précédentes.

Le préposé aux rayons X détecte ce qu'il croit être un téléphone portable dans mon sac ; affolée je découvre qu'il s'agit de mon étui à lunettes. Il manipule quelques boutons et éclaire un écran permettant d'analyser l'intérieur des objets sans les ouvrir. Pratique pour lui !

Après le rituel du café, nous nous dirigeons vers le gymnase, où les participants sont déjà groupés hormis T. et M. qui nous rejoignent un peu plus tard. Une fébrilité certaine, rappelant celle des soirs de première, s'est emparée du groupe. Nous décidons de *passer à l'action et installons la sono. Cela est loin d'aller de soi, mais cela se précise. P. se révèle un technicien d'envergure, capable de manier prises, fils et boutons avec dextérité et efficacité. Un quart d'heure plus tard, les baffles tonitruent l'ouverture de Carmen, les projecteurs zèbrent la scène d'éclairs rouges, verts et bleus ; mes tympans sursautent, deux micros crachent des couinements lancinants dans l'espace. Les gars sont électrisés par le résultat ; réchauffés d'une ardeur nouvelle, ils entament cette dernière répétition.*

T. s'avère un assistant metteur en scène parfait. Ayant saisi l'adaptation du livret dans son ensemble, il se montre aimable, serviable et utile, portant spontanément le micro tour à tour à chaque interlocuteur, alternant ses répliques là où elles doivent se trouver.

Les morceaux musicaux commencent à

bien s'équilibrer. *Nous mettons en scène la bagarre d'Escamillo et de Don José, admirablement bien incarnés par E. et J.-P. qui se battent d'une manière très convaincante, pour être séparés par le reste du groupe. Quant à la scène finale, c'est par une arène symbolique que nous la représentons, le toréador maniant une cape théâtralisée, sous les bravos ardents de la foule en délire chaque fois qu'il affronte avec courage le taureau. Carmen meurt et Don José désespéré se rend à la justice. Rideau !*

Concrètement, nous avons atteint en cinq sessions l'objectif fixé : monter un spectacle convenable autour de l'opéra Carmen en étudiant et comprenant le fonctionnement du livret, de la musique, des différents personnages, de la mise en scène et surtout l'importance de l'unité de groupe, du respect

des règles établies, de l'autorité du metteur en
scène et celle du chef d'orchestre.

***

– Inspecteur Hartevelt, téléphone pour vous. »
Hartevelt fit signe à Krijger qu'il pouvait
prendre la communication.

– Et, merde, jura ce dernier en même temps
qu'il lâchait les papiers qu'il tenait à la main.
Ils viennent de découvrir un nouveau cadavre
sur le Tugelaweg. »

***

L'homme, enroulé autour de la stèle du petit
monument commémoratif, semblait sommeil-

ler. Des agents avaient établi un périmètre de sécurité comme l'indiquait la rue barrée de part et d'autre par un ruban blanc et rouge en plastique. Des curieux se massaient sur le trottoir.

Les habitants, qui encore quelques minutes plus tôt s'étripaient à la réunion, se serraient maintenant les coudes. Une chose était certaine : aucun d'eux ne pouvait être l'assassin puisqu'ils étaient ensemble toute la soirée. Ils se regardaient tour à tour comme pour s'assurer d'être bien là. Que Jeroen et Abdel aient pris part aux débats avait accéléré les choses. Lorsque Peter Handstra était revenu en courant faire part de sa découverte macabre, ils étaient encore sur le pas de la porte à discuter les événements des derniers jours.

L'homme, allongé, semblait dormir si ce n'est que ses chaussures étaient soigneusement posées sur le devant du monument avec ses chaussettes à l'intérieur et que ses pieds nus étaient ensanglantés. Sous sa veste, sa poitrine dénudée laissait voir une grande croix gammée aux bords sanguinolents. Une autre croix barrait son front sur lequel retombait une mèche rebelle. Son corps entier reposait sur une couche de pétales de roses rouges, éparpillés de manière à former une auréole autour de sa tête.

Nico Voorburg enfilait des gants en latex pour examiner le corps.

– Et bien encore un joli travail d'esthète, dites donc. Vous allez m'en proposer longtemps des comme ça ? Je vois qu'on est artistique dans le coin. Tiens, une bougie. » Il tirait de dessous un amas de pétales une bougie plate éteinte. « De mieux en mieux, bougonna-t-il.

– Bon, qu'est-ce que tu peux déjà nous dire.

– Que vous ne voyez pas vous-mêmes, tu veux dire ?

– Passe-nous tes blagues, plus tard.

– Bon, bon. D'accord. Je vois que vous n'êtes pas d'humeur. Alors, le gars a été tué autre part, enchaîna-t-il en soulevant légèrement le crâne du cadavre. Gros coup sur la tête avec un objet contondant, mais cela n'a pas causé la mort, selon moi. Bien sûr, j'en saurais plus après l'autopsie, mais…

– Cause de la mort ?

– Oh, bon Dieu, » ne purent se retenir de jurer les trois hommes en même temps.

En faisant tourner le corps, Voorburg avait fait bouger la veste et le pantalon trempés de sang. Le dos de la victime était une grande plaie de la nuque jusqu'au bas des fesses, que le pantalon mal remis ne cachait plus.

- Infligées après le décès, je dirais. De toute évidence, on a affaire à un détraqué.
- La femme de la digue...
- Tout à fait.
- Papiers ?
- Tiens. » Voorburg remit un portefeuille à Krijger. Permis de conduire et carte grise.
- Mais, attends. Le gars n'habite pas loin. Transvaalkade, c'est le long de la digue de ce côté-ci des maisons.
- Le décès remonte à environ... attendez. Regardez... de l'eau. Ce n'est pas que du sang, émit Voorburg qui examinait ses doigts gantés de latex. C'est

curieux. Il n'a pas plu. C'est archi-sec partout.

— Aucune idée de ce que ça peut être ?

— Si vous voulez mon avis, le gars a été congelé, puis dégelé et posé ici. Quand on l'a mis ici comme ça sur ces roses, et certainement avec une bougie allumée, il n'était pas encore complètement dégelé. C'est ce qui a occasionné cette petite flaque qu'on a prise pour du sang. Vous voulez mon idée ?

— Question rhétorique. Vas-y.

— Et bien, le gars est mort de froid. Mais, je vous en dirais plus une fois que j'aurais discuté plus longuement avec lui. Si vous avez tout vu, on l'embarque. J'ai hâte d'entendre son histoire.

— Attends une minute. J'aimerais avoir quelques photos supplémentaires prises de loin parce que… enfin, on ne voit pas que ce type est mort si on reste éloigné. C'est seulement de près, de très près même que cela saute aux yeux.

— Bon, résumons. Si le gars a été congelé, l'heure du décès est plus difficile à établir non ?

— Comme tu dis.

— Pour moi, celui ou celle…

— Ou ceux.

— Qui, qui ont fait ça, l'ont fait ou bien pour se procurer un alibi ou bien parce qu'on devait le retrouver aujourd'hui.

— Il y a peut-être encore une troisième raison.

— Oui, laquelle ?

– Et bien que ce soit ni l'une ni l'autre, mais que cela ait été fait pour un tout autre motif.

– Comme celui de nous mettre sur l'une de ces pistes et qu'on passe à côté de la bonne ?

– Exactement. »

Ils se dirigèrent vers Peter Handstra qui avait découvert le corps.

– Vous vous êtes battu ? » demanda Krijger en faisant un signe de tête vers l'œil d'Handstra qui commençait à prendre une belle couleur.

– Oui. Vos agents vous raconteront, ils étaient présents. Mais, je suppose que vous vouliez me parler pour le mec qui est là par terre.

– Tout à fait. Comment avez-vous vu qu'il était mort ?

— Ben, j'allais prendre des photos de la petite flamme qui brillait dans la nuit. Je croyais d'abord que le gars était saoul. Puis, j'ai vu ses chaussures et ses chaussettes. C'est en le prenant en photo que les pieds du bonhomme m'ont semblé bizarres. Je pensais que c'était de la crasse lorsque j'ai vu que c'était du sang. En m'approchant, j'ai su qu'il était mort.

— Vous le connaissiez ?

— Oui... enfin... de vue comme tout le monde ici. Il habite par là. » Handstra fit un mouvement vague du bras en direction du canal derrière les bâtiments.

— Vous savez son nom ?

— Oui, Carl. Mais, pas son nom de famille.

— Bon, merci. Vous pouvez y aller. S'il y a autre chose on vous convoquera. Passez au bureau dans la journée demain pour faire votre déposition. »

Handstra s'éloigna.

— On va jeter un coup d'œil chez lui ? »
Krijger et Hartevelt prirent la direction de la digue où l'équipe scientifique les avait précédés à l'appartement de Carl Zalberg.

***

Un rez-de-chaussée semblable aux autres. La porte d'entrée s'ouvrait sur un vestibule comportant l'éternel porte-manteaux à miroir surmonté d'une étagère où traînaient plusieurs

chapeaux. Une ou deux vestes à capuche, probablement pour faire du jogging et un pardes-
sus classique étaient accrochés aux patères.
Des paires de chaussures étaient alignées le
long du mur. Le sol carrelé en damiers noirs
et blancs se prolongeait dans la cuisine. Tout
semblait être à sa place. Les placards blancs
renfermaient un service ordinaire et une batte-
rie de casseroles, de poêles, de faitouts et de
sauteuses en toutes sortes. Sur la paillasse, des
petits pots contenaient des plantes aromati-
ques fraîches.

– Vous devez venir voir ça, » lança un
des techniciens en passant la tête par la
porte.

La cabane au fond du jardin contenait, hormis
les outils de jardinage, un congélateur coffre

de 450 litres en état de marche. Le dépôt de givre sur les parois et le fond était rouge vif.

— C'est ce que je crois ?

— Oui. Le labo confirmera s'il s'agit du sang de la victime, mais ça en a tout l'air.

— La salle de bains ?

— Oui, dans la douche aussi. »

Hartevelt et Krijger rentrèrent dans la maison pour inspecter la salle de bains. Le rideau de douche comportait des éclaboussures ainsi que la faïence des murs et le dallage. On ne s'était même pas donné la peine de faire le nettoyage après coup.

— Pourtant, on avait caché le corps.

— L'histoire de l'alibi me paraît de plus en plus plausible.

– Oui, on dirait bien. De toute façon, s'il a été mis au congélo, c'est pas pour le cryogéniser !

– Non, je ne pense pas non plus. »

La visite du reste de l'appartement n'apporta pas d'autres indications valables pour l'instant. La seule chose indubitable à leurs yeux était l'absence de traces de lutte. Ils en conclurent donc que Carl Zalberg connaissait son, sa ou ses meurtriers.

25. Au commissariat

Nous avons un spectacle !!! Tout reste entre nous. Nous sommes public et artistes tout à la fois. L. s'occupe des éclairages, B. et moi sommes costumées en gitanes espagnoles fol-kloriques. S. a branché un projecteur, quelques transparents peints, fabriqués maison, plantent un décor. Sur une table, en forme de I majuscule, recouverte d'une nappe verte et jaune, est dressée la collation qui suivra la représentation. Du coca-cola, du jus d'orange, des crottes de chocolats, des gâteaux irradient un air de fête indéniable. C'est une première.

Le directeur adjoint fait acte de présence, ce qui fait vraiment plaisir et valorise notre travail.

V. assiste à la représentation et se lance

au milieu de l'arène. Il incarne spontanément le taureau dans la dernière scène. Sans craindre la mise à mort, il joue le jeu jusqu'au bout. Notre Carmen est un succès, ce dont nous nous félicitons mutuellement.

Naturellement appréciés, les marrons glacés disparaissent les premiers. L'heure de se quitter se rapproche. J'autographie des livrets et les garçons me signent un exemplaire de Carmen. Nous nous disons au revoir, sans savoir si jamais nous nous reverrons. Les grilles nous séparent.

***

Le commissaire faisait irruption dans la pièce.

— Bon. Qu'est-ce qu'on a sur ce Carl Zalberg ? »

Hartevelt délaissa sa lecture et s'approcha du grand tableau transparent sur lequel les corps des victimes s'affichaient en plusieurs photos couleurs.

– Le corps de Carl Zalberg est retrouvé sans vie près de la stèle de commémoration sur le Tugelaweg. Il est déchaussé. Ses chaussures et ses chaussettes rangées au pied du monument. Ses pieds sont ensanglantés et d'après les premières constatations du médecin légiste, il aurait été bastonné sur la plante des pieds avec un objet coupant. Par ailleurs, son corps présente plusieurs excavations des chairs en forme de croix gammées. Une très large sur la poitrine, une sur le dos et une croix de moindre profondeur sur le front. A première vue, tout laissait supposer que la scène de crime se trouvait ailleurs, rapport à l'absence d'une grande quantité de sang que les plaies auraient dû occasionner. Ses poignets portent des traces de liens, ce qui pourrait signifier qu'il a été entravé. Les résidus autour de sa bouche et ses joues pourraient bien provenir de sparadrap ou autre adhésif qu'on lui aurait apposé pour le bâillonner. L'autopsie, dont les résultats ne devraient pas tarder à nous parvenir, nous le confirmera.

– La visite de son appartement indique que nous avons tout lieu de croire que c'est là qu'il a été assassiné. Les flaques de sang et les empreintes de pieds nus font penser qu'on l'a fait marcher sur ses pieds blessés. Pourquoi ? Aucun indice pour l'instant. Le corps a séjourné au congélateur. Impossible encore de savoir combien de temps, ni pour quelle raison. Il a été décongelé et placé là où on l'a trouvé.

— Sur place, tout semble en ordre et au premier coup d'œil, on tendrait à penser qu'il connaissait son assassin. Au singulier et au masculin pour le moment car rien ne laisse voir qu'il y aurait eu plusieurs personnes impliquées dans le meurtre.

— On sait quoi de son passé ? De la famille ? Un boulot ?

— Carl Zalberg a perdu sa femme et sa fille décédées des suites d'un empoisonnement alimentaire après avoir consommé de la viande hachée contaminée. L'affaire avait eu pas mal de retentissement à l'époque. Albert Hein avait rappelé un lot après s'être rendu compte du problème. Malheureusement, les Zalberg n'avaient pas la télévision et la femme n'avait pas écouté la radio non plus. Toujours est-il qu'un seul paquet n'était pas revenu. C'était celui qu'elle avait cuisiné.

— Et Zalberg, pourquoi il était pas mort ?

— Il était en déplacement et n'en avait pas mangé. Il avait trouvé les corps de sa femme et de sa fille deux jours plus tard en rentrant. Au début, l'inspecteur chargé de l'enquête l'avait soupçonné car il touchait un pactole avec l'assurance-vie. Il était ressorti blanc comme neige. Suite de quoi il avait fait une grosse dépression, avait perdu son boulot... Il ne s'en était jamais tout à fait remis. Il semblait survivre plus ou moins bien.

— Bon. Creusez son passé. Faites une enquête de voisinage. Allez interroger les membres de la famille pour voir comment il vivait maintenant, qui il fréquentait et tout le tintouin. Un mec ne se fait pas assassiner de cette manière par pure coïncidence. Ce n'est pas une balle perdue qui l'a tué. On l'a fait souffrir et on s'en est pris à son cadavre ensuite. Et allez aux archives pour récupérer tout le dossier sur le décès de sa femme et de la fillette. Quoi d'autre ?

— Ben, il y a les blessures du corps qui sont similaires à celles infligées au cadavre de la fille sur la digue. En outre, son corps à elle a été retrouvé pratiquement en face de l'appartement de Zalberg de l'autre côté de l'eau.

– Creusez. Il doit y avoir un lien et, si c'est le cas, on doit le trouver. Hartevelt, vous en êtes où du journal de la fille ?

– J'avance, mais rien jusqu'à présent.

– Continuez la lecture. Quelque chose pourrait s'y trouver. Et, vous Krijger, vous lirez le rapport de l'enquête. Comme cela, vous vous tiendrez compagnie. Une vraie bibliothèque. »

Le commissaire partit d'un éclat de rire, content de son bon mot.

***

L'engouement des participants a prouvé qu'il

y a une soif de connaissance et un besoin réel vis-à-vis de cet art complexe, l'opéra. Leur adhérence a été parfaite, grâce à la préparation élaborée au cours de l'atelier littérature comprenant l'étude de la nouvelle de Mérimée et la projection du film avec Domingo.

Une telle préparation n'a rien d'anormale et elle est même souhaitable, comme l'ont compris les directeurs de théâtre par le monde entier. Que ce soit La Scala de Milan, Le Bolchoï de Moscou, Le Métropolitain de New York, Covent Garden de Londres ou La Bastille à Paris, les intendants des petits ou des grands théâtres connaissent l'importance d'éduquer le public avant les représentations. Non seulement ils éditent des opuscules remplis d'articles de fond sur les chef-d'œuvres, d'interviews avec les solistes, de biographies de compositeurs, de visions de metteurs en scène et d'explications de chefs d'orchestre, mais tous, sans dérogation, organisent des conférences, qui donnent au public, la possibilité de se familiariser avant la première et pendant les séries de représentations avec le spectacle sur scène.

Il est compréhensible que si un tel travail préparatoire est mis en œuvre pour un public averti, habitué même, il n'en est que plus nécessaire pour les participants d'un atelier qui auront été moins exposés à ce médium et auront a priori moins de connaissances préalables ou ignoreront peut-être l'opéra dans son entité bien qu'en en étant curieux.

Il est d'autant plus remarquable d'avoir atteint un niveau convenable d'assimilation de l'œuvre en un laps de temps aussi réduit. Ce fait est indéniablement lié à la volonté d'investissement des participants et à leur dé-

sir de réussite leur faisant développer l'enthousiasme indispensable pour saisir ce monde inconnu comme l'a démontré leur comportement assidu.

***

Avec un soupir contrarié, Hartevelt referma le paquet de feuilles devant lui.

– Trouvé quelque chose, demanda Krijger.

– Non, pas vraiment. Elle a fait cet atelier et les gars ont eu l'air d'aimer. Le directeur est venu voir le résultat. C'est tout. Aucune mention d'un accroc quelconque et toi ?

– Zalberg a bien été soupçonné d'avoir empoissonné sa femme et sa fille, c'était avant que l'autopsie et le labo révèle la nature du poison. Ensuite, si j'en crois son médecin, il a fait une dépression carabinée.

– Tu m'étonnes !

– Il y a un truc qui m'échappe avec tous ces empoisonnements. Bon, d'accord, celui de la femme et de la fille de Zalberg était accidentel, mais un an plus tard, il y a cette histoire de petits mômes empoissonnés dont on n'a jamais retrouvé le coupable ; et maintenant… trois morts à l'hôpital, plus le couple qui en réchappe. En outre, on a deux morts sur les bras. Ça fait beaucoup pour un quartier tranquille.

— Tranquille, tranquille… Il y a tout de même pas mal de junkies et tu oublies le gars qui s'est fait agresser l'autre soir.

— Oui, je me demande ce qu'il vient faire dans le tableau.

— Peut-être rien. Et peut-être qu'il n'y a pas de connexions entre tous ces événements. Cependant, les deux cadavres présentent bel et bien des blessures similaires infligées après le décès.

— Oui, si le *modus operandi* est différent, la signature est semblable. De là à conclure que nous avons affaire au même meurtrier…

— Je vais aux archives chercher le dossier des enfants empoisonnés. Il y a peut-être un lien quand même.

– Tu as regardé dans la base de données. Il est peut-être déjà numérisé.

– Oui, j'oublie toujours cette nouveauté, c'est vrai. Mais, je préfère sentir le papier sous mes doigts. Je n'arrive pas à me concentrer devant cet écran. Les feuilles étalées sur mon bureau me parlent beaucoup plus.

– En attendant, je vais repasser au crible ce que l'on a sur les habitants du quartier. Surtout le petit groupe de ceux qui étaient présents aux activités du week-end. »

26. Madame Céleste au commissariat

Hartevelt leva les yeux de son dossier et regarda la femme qui passait la porte de leur bureau. Elle devait avoir dans les soixante ans, se dit-il. Elle portait un ensemble à jupe droite de teinte caramel et des chaussures à talons Louis XVI d'une nuance un peu plus foncée. Elle serrait contre elle un sac de couleur assortie aux chaussures. Il remarqua un camée sur le revers gauche de la veste. Le visage était avenant et elle portait des lunettes aux grands verres cerclés d'or. La monture, très fine, se voyait à peine. Il ne lui manquait qu'un chapeau pour être une représentation parfaite de Miss Marple.

— Je te présente Madame Céleste, » annonça Krijger qui venait derrière elle.

Hartevelt se souleva de son siège et désigna une chaise devant son bureau.

— Bonjour Madame Céleste. Vous avez demandé à parler aux inspecteurs chargés de l'enquête sur les meurtres. C'est nous. Dites-nous ce qui vous amène. »

Madame Céleste prit le temps de s'asseoir posément, ouvrit son sac et en sortit une coupure de presse qu'elle tendit à Krijger resté à côté d'elle. C'était une photo démontrant la scène de crime du Tugelaweg avec le nom de la victime. Son cadavre avait été enlevé. On voyait encore quelques pétales de roses, éparpillés çà et là. La bougie et les chaussures avaient aussi disparu. Madame Céleste sortait un autre article de son sac. Le papier jauni montrait qu'il était moins récent. Il s'agissait de la photo d'un homme emmené menottes aux poignets vers une voiture de police et encadré par deux agents. La scène se déroulait devant le canal dont la berge se profilait en arrière-plan. Sous la photo, la légende indiquait : « La police a arrêté ce matin C. Z. soupçonné d'avoir tué sa femme et sa fille. »

Krijger tendit les deux articles à Hartevelt et ils échangèrent un regard perplexe. Madame Céleste prit la parole.

– Vous voyez, c'est le même homme à huit ans d'écart et je pense qu'il s'agit d'une vengeance.

– Une vengeance, interrogea Hartevelt, comment cela ? Carl Zalberg a été innocenté du décès de sa femme et de sa fille. Leur mort était le résultat d'un empoisonnement alimentaire comme l'a prouvé l'autopsie.

– Justement, enchaîna Madame Céleste, je suis persuadée qu'il s'est vengé du mal qu'on lui a fait et qu'il a été tué à son tour en représailles.

— Et comment se serait-il vengé ?

— En empoisonnant les enfants. Vous savez que le meurtrier n'a jamais été retrouvé. C'était lui et son meurtrier l'a su et le lui a fait payer.

— Vous savez, ce que vous nous dites est très grave. Qu'est-ce qui vous fait dire cela ?

— Les blessures aux pieds, déclara Madame Céleste sans hésiter.

— Les blessures aux pieds… , reprirent Hartevelt et Krijger d'un air dubitatif en chœur.

— Oui, les blessures aux pieds, qui ont probablement été causées par la marche sur du verre cassé selon l'article. Et, on avait retrouvé du verre pilé fin dans l'estomac des enfants à l'époque.

— Oui, mais de là à conclure…

— Laissez-moi finir. De mon appartement j'ai vue sur les jardins du quartier. Il y a une huitaine d'années, au moment des empoisonnements, ils n'existaient pas encore, mais il y avait des massifs. J'avais demandé qu'on enlève des plantes toxiques, des daturas qui proliféraient à foison. Ce qui avait été fait après l'histoire des empoisonnements. C'est une autre histoire. Pourtant, un soir, avant la mort des enfants, j'avais vu Carl Zalberg cueillir des plantes. Sur le moment cela ne m'avait pas alarmée et je n'y avais pas prêté attention outre mesure. C'est en lisant cet article ce matin que cela m'est revenu à propos des pieds ensanglantés. Pour quelle raison le ferait-on marcher sur du verre ? Uniquement pour venger la mort des enfants en le faisant d'abord souffrir et en le tuant après. Ces croix gammées sont pour vous mettre sur une fausse piste. »

Aucun doute, c'était bien une Miss Marple qu'ils avaient devant eux.

– Mais pourquoi le meurtrier agirait-il après tant d'années ? demanda Krijger.

– Ça, c'est une question à laquelle je n'ai pas encore de réponse, répondit Madame Céleste, pas plus qu'à celle concernant le rapport entre les deux meurtres, car c'est évident qu'il y a un lien entre les deux. Et cela, n'a rien à voir avec les croix gammées, j'en suis certaine.

– Madame Céleste, commença Hartevelt, soyez assurée que nous vous sommes reconnaissants d'avoir partagé avec nous votre... heu... votre raisonnement. Nous allons soigneusement étudier cet aspect que vous nous avez soumis. Nous vous tiendrons au courant. »

Madame Céleste ne faisait pas mine de se lever.

– Y a-t-il autre chose dont vous voudriez nous faire part, demanda Hartevelt.

– En fait oui. A l'époque cela n'avait aucune importance et je n'aime pas les ragots. Cependant, des fenêtres de mon appartement, je vois beaucoup de choses. J'ai souvent pu voir Carl et Sarah dans la voiture de l'un ou de l'autre, le soir, tous feux éteints dans une pose qui ne laissait aucun doute sur leur degré d'intimité.

— Vous voulez dire qu'ils étaient amants ?

— Je le pense. Mais, comme je viens de vous le dire, cela n'avait plus aucune importance, sa femme étant décédée fortuitement.

— Et ensuite, les avez-vous revus ?

— Oui, mais, bon. Ils étaient libres de faire ce qu'ils voulaient, non ? Il était veuf après tout. C'était après sa dépression et je crois plusieurs personnes étaient au courant de leur affaire. Cela a duré environ deux ans. J'ai entendu dire qu'ils avaient eu une dispute assez vio-lente. »

Hartevelt et Krijger n'en laissaient rien para-ître, mais l'information était de taille. Ils allaient devoir réorienter l'enquête. Là se trouvait peut-être le lien entre les deux meurtres.

— Selon moi, reprit Madame Céleste, le meurtrier pensait que Sarah était au courant pour l'empoisonnement des enfants, qu'elle était en quelque sorte complice. Ce qui n'était pas nécessairement le cas, vous en conviendrez. »

Madame Céleste se levait de sa chaise, remettait un peu d'ordre dans sa tenue pourtant impeccable en tapotant sur sa jupe et prenait congé de sa main gantée. L'attitude des deux inspecteurs avait complètement changé à son égard. Ils ne voyaient plus en elle une vieille femme jouant les Miss Marple, mais une dame pleine de pudeur au raisonnement empli de subtilité. Krijger la raccompagna jusqu'à l'accueil avec une déférence qu'il ne ressentait pas au départ. Il lui serra chaleureusement la main.

   — Au revoir, Madame Céleste.

   — Au revoir jeune homme. »

Tout ragaillardi de se faire rajeunir avec amabilité, il passa vers la machine à café pour remonter au bureau avec deux gobelets et des barres chocolatées dont ils raffolaient tous les deux.

   — Ce ne peut pas être une coïncidence. C'est donc ce que Taal supposait. Zalberg avait une maîtresse et c'est ce qu'il cachait.

   — Oui. Reste à savoir pourquoi les deux se font trucider et pourquoi les meurtres sont maquillés en crime fasciste. Car, c'est gros comme une maison que ce ne sont pas des néo-nazis qui ont fait le coup.

– Tu crois que l'histoire de Madame Céleste tient la route ?

– Il doit bien y avoir du vrai dans son raisonnement. Cela ne nous donne pas pour autant le vrai mobile du crime.

– Tu ne crois pas à la vengeance des enfants ?

– J'ai un peu de mal, je l'avoue.

– D'un autre côté, si un ancien détenu est coupable du meurtre de la fille, je le vois mal tuer Zalberg de cette façon par jalousie.

– Tout à fait. Ce n'est ni un crime crapuleux, ni un crime passionnel. De ça, on peut être sûr.

– Ça laisse quand même pas mal de pistes ouvertes. »

Le téléphone sonna. Hartevelt décrocha. La conversation fut brève.

– Et bien, pour l'histoire du détenu, on peut oublier. Chloé Vermont a laissé un message. Le journal appartient à sa sœur, Eliane Vermont. Elle l'avait donné à Sarah pour qu'elle le lui corrige. Elles viennent faire une déposition à ce sujet.

– Voilà donc une piste définitivement à écarter. On peut arrêter les recherches de ce côté-là. »

27. L'autopsie

Nico Voorburg passa la tête par la porte en-
trouverte, son éternel cigare fiché entre les lèvres, ce qui lui donnait un air de bandit sici-
lien de vieux film des années 1970.

— Si vous avez le temps, je vous fais un
petit topo rapide les gars. »

Krijger et Hartevelt le prièrent d'entrer.

— Du nouveau sur notre copain ? interrogea Krijger.

— Pas qu'un peu. Vous trouverez le tout
dans mon rapport, mais j'ai pensé que
vous aimeriez avoir des nouvelles.

— Alors, accouche.

— Vous savez que votre gars a séjourné
dans son congélateur. Bon, et bien,
lorsqu'un corps est soumis à une congé-
lation lente et que les tissus se refroi-

dissent donc lentement, l'eau qui est dans les cellules s'en échappe et, sous l'effet du froid, se transforme en glace. Cette glace, si elle se trouve en grande quantité, écrase les cellules. Si un corps chaud est soumis brusquement au froid intense, comme dans notre cas, la condensation qui en résulte se transforme aussi en glace et entoure les tissus externes d'une carapace. L'action simultanée de la glace à l'extérieur des cellules, mais dans le corps et à l'extérieur du corps, produit un écrasement des cellules plus important des cellules en extérieur. Je peux vous dire que votre gars a été plongé, non seulement encore chaud dans son congélateur, mais encore vivant. Il est mort de froid et d'étouffement par manque d'oxygène en même temps. La partie la plus intéressante, c'est qu'on a dû le retirer du congélateur une fois qu'il était mort pour lui faire ses décorations en forme de croix. Vous avez là un meurtrier particulièrement vicieux. En revanche, les blessures sur la plante des pieds ont bien été provoquées de son vivant. Par ailleurs, d'après le niveau de déshydratation des cellules, je dirais que notre bonhomme est resté dix à quinze jours dans son igloo.

– Tu ne peux pas être plus précis ?

– Non, hélas. » Il sortit son briquet de sa poche et se mit en mesure de rallumer son cigare, prenant tout son temps et prenant plaisir à faire attendre les deux inspecteurs. Ils étaient rompus à ses tactiques et attendirent patiemment.

Après avoir tiré quelques bouffées et s'être assuré que son cigare brûlait, Voorburg reprit :

— Bon, si vous avez encore besoin de mes services, vous savez où me trouver. Ciao. »

Voorburg les quitta, les laissant dubitatifs devant leur bureau respectif.

Au bout d'un moment, Krijger qui examinait les dossiers étalés devant lui, prit la parole :

— Il y a une chose qui m'échappe…

— Une seule ? ironisa Hartevelt.

— Façon de parler. Je comprends mal pourquoi Zalberg avait été soupçonné du meurtre de sa femme et de sa fille en premier lieu.

— Oui… curieux, tu as raison. Aucun indice dans ton fatras de papiers ?

– Aucun.

– Et qui dirigeait l'enquête ?

– Un dénommé Taal. Lukas Taal.

– Il a pris sa retraite il y a deux ans. On pourrait lui rendre visite. Il habite sur le Molukkenweg, s'il n'a pas déménagé. »

28. L'ancien inspecteur Taal

Taal n'avait pas déménagé. Il habitait toujours un appartement agréable au croisement du Molukkenweg et de l'Insulindeweg. Krijger lui avait téléphoné et il les attendait. Il les fit entrer. Sa femme disparut vers la cuisine après les présentations pour revenir en quelques instants avec un plateau chargé de la cafetière, de tasses, d'un sucrier plein et d'une assiette de petits gâteaux secs. Après avoir déposé le tout sur la table basse, elle s'éclipsa vers le fond de l'appartement.

Taal fit le service et demanda :

– J'ai compris que vous désiriez des précisions au sujet de l'affaire Zalberg mère et fille.

– Oui, répondit Krijger. Qu'est-ce qui vous a intrigué et pourquoi aviez-vous mis le mari sur la liste des suspects.

– Tu sais bien : "A qui profite le crime ?". En l'occurrence ce n'était pas encore évident qu'il s'agissait d'un empoisonnement accidentel. Il y avait, et il y a toujours selon moi, deux faits tout de même curieux. Le premier et non des moindres, Zalberg était commercial médical et il avait accès à un tas de substances plus ou moins toxiques et quelques drogues. Le deuxième : l'assurance-vie était énorme. Un million d'euros sur chaque tête. »

Hartevelt et Krijger émirent un sifflement incrédule.

– Joli magot, n'est-ce pas ? enchaîna Taal.

— Donc le gars a touché deux millions ?

— Exact, acquiesça Taal. A sa décharge, il faut dire qu'il y avait aussi un million sur sa vie. Une construction ingénieuse. Si l'un des trois mourrait, les deux autres se partageaient un million et à la mort de deux des membres du trio, le troisième touchait le pactole. Deux millions. Je soupçonnais Zalberg d'avoir eu l'idée de cette combinaison, ce que me confirma son assureur. Il y avait encore autre chose. La mère et la fille étaient décédées depuis plus de quarante-huit heures lorsqu'il rentra et les découvrit. Je m'étonnais qu'il n'ait pas eu de contact par téléphone en deux jours. Il a dit qu'il avait essayé de les joindre, mais le répondeur n'avait enregistré aucun appel ce que démontra aussi ses relevés téléphoniques. Comme de toute évidence, il mentait sur ce point, j'avais la ferme conviction qu'il mentait aussi sur d'autres. Le gars n'était pas net. Quand j'ai entendu à la télé qu'il avait été assassiné, cela ne m'a pas surpris du tout.

— A ce point ? Il doit y avoir autre chose quand même, dit Krijger.

— Oui, mais c'est tellement mince. Sur ce coup-là, il était innocent. On avait retrouvé des traces de datura dans sa voiture, mais l'autopsie n'avait rien décelé d'analogue chez les deux victimes. Elles avaient bel et bien succombé à cette saloperie de viande hachée ! La fin, vous la connaissez. La presse s'est emparée de l'affaire. J'avais osé faire peser des soupçons sur un père affligé et l'avais mis en garde à vue. J'ai été mis à pied pour six mois en attendant que les choses se calment. C'était le prix à payer pour que son avocat ne nous intente pas un procès. Zalsberg a encore touché plusieurs millions de dommages et intérêts de la part d'Albert Heijn qui faisait tout pour étouffer le pot aux roses. Cette partie est moins connue car les journaux n'en ont pas parlé. Pas une ligne. Zalberg avait un bon avocat. Le pauvre éploré ne s'en sortait pas si mal.

— Vous le croyez encore coupable ? demanda Hartevelt.

— Sans aucun doute. Il y a quelque chose qui clochait dans l'histoire. Je ne savais pas quoi. Impossible de mettre le doigt dessus. Le gars cachait quelque chose, mais quoi ?

– Un truc qui aurait échappé à tout le monde ?

– Tout à fait. En y repensant, il avait tout de même un dangereux poison dans sa voiture, remarqua encore Taal.

– Et, il n'aurait pas eu besoin de s'en servir, le destin se chargeant d'envoyer un paquet de salmonelle à sa femme, continua Hartevelt.

– Le hasard fait bien les choses… renchérit Krijger.

– Oui… d'autant plus qu'elle était sur le point de le quitter. Ce qui expliquerait pourquoi il n'avait pas téléphoné en deux jours pour prendre des nouvelles. Mais, pourquoi a-t-il menti là-dessus, je n'ai jamais pu le savoir. Je suis certain que là réside la clef de l'énigme. Ça et le fait que malgré tous ses millions il n'ait jamais quitté le quartier. »

29. Au Cafvino

Sur les murs d'une belle teinte orangée, Bella, la propriétaire avait disposé les tableaux de la dernière exposition. Elle désirait participer à la vie du quartier et avait offert son espace aux artistes du coin qui pouvaient accrocher leurs peintures. Bella était une grande femme à l'allure avenante. Ses cheveux coupés court lui encadraient le visage avec une frange asymétrique. Les mauvaises langues disaient qu'elle teignait ses cheveux pour avoir cette couleur auburn, mais comme personne ne l'avait vue chez un coiffeur, ses défenseurs arguaient qu'il s'agissait d'une nuance naturelle, notaient que son teint laiteux laissait supposer une vraie rousse. La plupart des hommes fantasmaient sur la nouvelle arrivée car la propriétaire du Cafvino n'était pas du quartier, elle n'était même pas d'Amsterdam tout en étant une véritable Hollandaise du Nord. Elle était née à Texel et elle avait apporté avec elle cet air un peu buté de ceux qui ont lutté contre vents et marées, c'est le cas de le dire. Elle avait cependant très vite adopté les manières commerciales pour réussir et s'intégrait parfaitement dans le quartier du Transvaal en lui donnant ce qui lui avait cruellement manqué jusqu'à présent : un café qui n'était pas un havre à poivrot. On pouvait venir y déguster un thé à la menthe fraîche, très tendance, servi dans des gros verres d'un demi-litre et y rester aussi longtemps qu'on le voulait. Pour cette raison, il arrivait aux habitants de s'y réunir pour discuter d'un sujet ou l'autre sans qu'il soit nécessaire d'instaurer une réunion officielle. De l'extérieur, les grandes baies vitrées laissaient très bien voir ce qui se passait autour des tables ou bien se rendre compte si elles étaient désertées.

Marie-Anne van Bar qui se rendait à l'épicerie vit plusieurs connaissances attablées. Jan Steekhart semblait tenir la conversation et elle pensa que cela la concernait. Son instinct lui dicta de franchir la porte. En un clin d'œil elle vit toutes les têtes se tourner vers elle.

— Bonjour, il y a une réunion ? s'informa-t-elle.

— Viens, assieds-toi avec nous, répondit Jan Steekhart, on parlait des derniers événements.

— Ah, oui. Et qu'est-ce qu'il y a de nouveau, releva Marie-Anne.

— Pas vraiment du nouveau, répondit Janine Stoeken, mais on regarde un peu.

Il est bon d'être ensemble dans de tels moments. »

Marie-Anne n'aimait pas Janine et dans la remarque de celle-ci, elle crut déceler une sorte de reproche qui la concernait. Elle passait dans la rue sans avoir essayé de se rapprocher du groupe au préalable.

— Oui, ben moi j'ai du travail. Je ne suis pas payée à discuter au café avec les gens du quartier, » lança-t-elle acerbe.

Sa répartie proférée sur un air vindicatif les surprit tous autant qu'ils étaient autour de la table. Wim Boerhaven touilla sans nécessité dans sa tasse, imité par Janet Nieuwenhuis, lorsque Marie-Anne reprit un ton plus haut :

— D'ailleurs, je ne vois pas tout le monde. Et, Peter, il n'est pas là pour immortaliser la scène ? »

Bella qui assistait en témoin oculaire des échanges, mais s'abstenait en règle générale d'intervenir dans les conversations quand celles-ci prenaient un tour conflictuel, crut bon de devoir essayer d'alléger l'ambiance. De son air le plus jovial elle s'enquit :

— Je te sers quoi, Marie-Anne ? Café ou thé ? »

Elle ignorait tout de la rancœur que lui vouait Marie-Anne. Une rancœur jusque-là bien dissimulée. Marie-Anne qui organisait des événements artistiques dans le quartier ne lui pardonnait pas d'avoir commencé des expositions dans son café. Elle le voyait comme un empiétement sur son domaine. De plus, Marie-Anne, un peu trop enrobée, jalousait sa sveltesse en plus de sa coupe de cheveux toujours impeccable et son charme évident.

– Si tu penses que je veux me faire empoisonner, tu te trompes ! »

Sa réponse cingla l'air laissant les spectateurs éberlués sauf Miranda Hamel qui lança du tac au tac :

– Tu ne crois pas que tu exagères un peu ! Qui nous dit que ce n'est pas toi et tous tes plats qui empoisonne les autres. Tu es la seule à servir de la nourriture. »

Marie-Anne frisait l'apoplexie.

– Il est peut-être inutile de s'emporter, essaya de temporiser Jan Steekhart, après tout, on est juste ici pour parler et voir si avec les infos en notre possession on peut avancer. »

Mais, Marie-Anne était lancée et il aurait fallu plus que quelques paroles apaisantes et sensées pour l'arrêter.

— C'est probablement celui qui le dit qui l'est, continua-t-elle. C'est vous qui êtes toujours fourré avec les enfants ; c'est vous qui voulez subtiliser les subventions à votre profit ! C'est bien dommage que vous ayez réchappé de votre empoisonnement.

— Tu vas trop loin, tenta de s'interposer Janine Stoeken.

— Alors tu trouves ça normal ? Tous ceux qui sont empoisonnés meurent, mais pas eux, lui lança Marie-Anne, moi je n'y crois pas ! » Furieuse, elle repartit en claquant la porte laissant derrière elle une gêne palpable.

– Décidément, elle n'a aucune tenue. Pas de contrôle et un drôle de raisonnement tordu, laissa tomber Miranda, essaie-t-elle de faire retomber la faute sur quelqu'un d'autre ? »

Après l'avoir regardée sans dire un mot, Jan Steekhart se leva, en quoi il fut suivi par Janine Stoeken. Les deux fonctionnaires quittèrent Cafvino en marmonnant un vague « Au revoir. »

30. Arrivée d'Eliane à Schiphol

Chloé arrivait en vue de Schiphol. Un coup d'œil à la pendulette de bord lui confirma qu'elle était dans les temps. Le soleil transperçait de temps à autre les gros nuages amoncelés sur l'horizon et inondait le polder de ses rayons. En parcourant la campagne hollandaise, on comprenait la lumière spéciale des tableaux de l'école flamande. Cela provenait-il de la platitude du paysage ou bien du fait que l'on se trouvait sous le niveau de la mer ? Chloé n'aurait su le dire, mais à chaque fois, elle avait l'impression de se retrouver dans une toile de maître. Un maître moderne où toutes les subtilités du contemporain seraient représentées. Le ruban noir de l'autoroute et ses stries blanches et au-dessus, de toutes parts, les carlingues argentées des avions au fuselage bariolés de cryptogrammes bleus, verts ou rouges selon les couleurs des compagnies aériennes.

Sans encombres, elle atteignit le parking des visiteurs et gara la Nissan au même moment où l'avion d'Eliane atterrissait. Chloé était familière des lieux et elle connaissait bien l'aéroport pour y passer souvent soit en voyageuse, soit, comme maintenant, pour venir y chercher quelqu'un. Parfois, aussi à l'occasion du départ d'un ami qu'elle accompagnait.

A cette époque de l'année, les grands halls étaient presque déserts, ce qui augmentait encore cette sensation d'immensité qui l'étreignait chaque fois qu'elle franchissait les portes en verre. Elle savait qu'Eliane voyageait léger et qu'elle passerait rapidement la douane n'ayant pas à attendre de valise sur le transporteur de bagages. Depuis la rénovation, les portes en verre dépoli laissaient peu filtrer de ce qui se déroulait de l'autre côté. Elles s'ouvrirent pour laisser passer une famille et juste derrière se tenait Eliane. Les deux sœurs tombèrent dans les bras l'une de l'autre.

— Tu as une mine florissante. Ton séjour en Espagne t'a fait du bien.

— Oui. Le concert s'est très bien passé et deux jours de soleil pour recharger les accus m'ont été bénéfiques.

— Tu veux rentrer à Amsterdam tout de suite ou prendre quelque chose ici ? »

Bien que la question surprît légèrement Eliane, elle n'en laissa rien paraître et comprit que sa sœur tenait à lui parler avant de prendre le volant. Elle opta donc pour une collation sur place. Elle n'était nullement pressée s'étant octroyée quelques jours de vacances et ne reprendrait les cours que la semaine suivante.

Elles se dirigèrent vers la cafétéria qu'elles affectionnaient tout particulièrement et choisirent une table près des fenêtres. L'insonorisation était parfaite et si on pouvait voir les avions décoller et atterrir, aucun bruit ne leur parvenait.

— J'ai toujours été surprise de ne pas ressentir de trépidations à l'intérieur si on pense au vrombissement incessant sur les pistes, remarqua Chloé.

— Oui, mais je suppose que cela n'est pas ta préoccupation première et que tu désires me faire part d'autre chose, non ?

— Oui, tu as raison. »

Chloé savait qu'il était inutile de demander à Eliane si elle avait lu les journaux. Elle s'en abstenait totalement. Elle avait décidé une

fois pour toutes qu'il s'agissait là d'une occupation chronophage et superflue car, disait-
elle, les soi-disant nouvelles consistaient en
un scénario unique répété encore et encore et
seuls les noms des acteurs changeaient. Ce en
quoi elle n'avait pas tout à fait tort.

Après que la serveuse eut déposé le
contenu d'un plateau bien garni sur leur table,
Chloé commença à relater les derniers événements survenus dans le quartier. Elle débuta
par le moins grave, la bataille à la réunion.

– Et bien, plutôt mouvementés vos mee-
tings, dis donc.

– Oui, en fait ce que je veux vraiment te
dire, c'est que nous avons aussi eu deux
meurtres.

– Deux meurtres ! Et, c'est maintenant
que tu le dis !

— N'exagérons rien. On vient juste d'arriver. C'est parce que je ne sais pas comment te le dire.

— Quoi ? Un de mes étudiants ? » Eliane s'affolait. Bien qu'elle ait voulu l'épargner, Chloé dut bien lui avouer qu'il s'agissait d'une connaissance commune.

— Sarah ? Mais, mon Dieu comment est-ce possible ? Elle n'aurait pas fait de mal à une mouche. Comment cela s'est-il passé ? »

Chloé relata tant bien que mal quelques détails en omettant les plus macabres. Eliane l'apprendrait bien assez tôt.

— La police épluche son journal pour y trouver des indices.

— Son journal ? Quel journal ? Sarah ne tenait pas de journal. Elle s'est même étonnée de ma manière de tout noter comme elle me l'a fait remarquer. Tiens, j'ai rempli trois cahiers en Espagne.

— Je ne sais pas. L'inspecteur Hartevelt m'a parlé d'un atelier qu'elle aurait... » Elle laissa sa phrase en suspend. La vérité venait de se frayer un chemin en son esprit.

— C'est toi qui as donné des ateliers dans les prisons.

— Oui, et c'est probablement de mon journal dont il s'agit. J'avais donné un exemplaire de ce que j'avais écrit sur l'atelier du Bijlmer à Sarah pour qu'elle me le corrige.

— Il faut prévenir l'inspecteur. Laisse-moi lui passer un coup de fil. »

Chloé passa dans le couloir pour téléphoner.
A son retour, elle dit :

– Il n'était pas là. Je lui ai laissé un message. Cela nous permet de finir tranquillement avant d'aller le voir. Il vou-
dra certainement que tu authentifies les
papiers qu'il a.

– Quelle histoire.

– Oui et elle n'est pas terminée. Il y a eu
un deuxième meurtre.

– Alors là, on nage en plein délire. Pas
une connaissance j'espère.

– Non, rassure-toi. Un homme du quartier, mais je ne le connaissais pas. Je
l'ai vu comme ça, une fois ou deux à un
événement.

– Je n'en reviens pas pour Sarah. Une fille si tranquille, sans histoire. Qui a bien
pu lui faire ça ?

— D'après ce que j'ai cru comprendre, la police est encore dans le brouillard. Ni mobile, ni indice. Enfin, c'est ce que je pense. Mais, parlons d'autre chose. Comment s'est déroulé ton concert ? »

Pendant le reste du repas, Chloé s'ingénia à soutenir une conversation plus légère.

31. *Le journal d'Eliane Vermont*

Après avoir ouvert les rideaux de l'appartement, Eliane brancha la bouilloire pour faire le thé pendant que Chloé consultait ses messages. L'interphone retentit.

— Tu ouvres, s'il te plaît, » cria Eliane de la cuisine à Chloé qui se dirigeait déjà vers le hall.

Quelques minutes plus tard, Hartevelt et Krijeger sortaient de l'ascenseur et venaient vers la porte que Chloé maintenait ouverte pour eux. Pour le bon déroulement des opérations, Hartevelt tendit sa carte à Chloé et présenta Krijger aux deux jeunes femmes.

— Du thé, inspecteur ? s'enquit Eliane.

— Oui, merci.

— Et vous ?

– Non, merci. Krijger, poliment déclina.

– Vous comprenez que nous vous croyons sur parole au sujet du journal trouvé chez Mademoiselle Sarah Keulhoven, mais nous devons vous poser quelques questions.

– Mais, bien sûr, je comprends, inspecteur. J'ai tout de suite allumé mon ordinateur.

– Encore toutes nos excuses de vous importuner dès votre arrivée. Cette affaire est très sérieuse. Ce que nous a dit votre sœur à propos de ces papiers propulse notre enquête dans une tout autre direction.

– Je comprends.

– Si vous n'y voyez pas d'inconvénients, nous devrons faire intervenir notre service technique pour nous assurer formellement qu'il s'agit bien des mêmes textes, et, surtout, en définir la date. Si vous le permettez, ils seront là dans une dizaine de minutes. L'examen de votre Mac ne devrait pas prendre très long-temps. En aucun cas, nous ne consulte-rons d'autres documents.

— Faites, inspecteur, faites.

— Depuis combien de temps connaissiez-vous Mademoiselle Keulhoven ?

— Depuis environ une quinzaine d'années. Nous sommes allées ensemble au conservatoire. C'était une musicienne méritante et très douée. Elle voulait de-puis le tout début se consacrer à l'enseignement de la musique et du chant. C'était aussi une pianiste remar-quable avec un don pour l'accompagnement des chanteurs.

— Diriez-vous que vous étiez amies ?

— Absolument. Il nous arrivait de rester l'une chez l'autre les soirs où nous étions allées au même concert. Nous aimions bavarder, échanger nos idées. Ce genre de choses.

— Lui connaissiez-vous, pardonnez ma question, des amants ?

— Comme vous y allez ! Des amants ! ne put se retenir de s'exclamer en riant Eliane. En fait, je lui en ai connu deux. Pour les autres, je l'ignore.

— Pouvez-vous m'indiquer leur nom et la période de leur relation, si cela ne vous gêne pas ?

— Sans problème. Lorsque nous étions en dernière année de conservatoire, nous avons toutes les deux été admises au Studio Opéra qui existait encore à l'époque. C'est au cours d'une représentation qu'elle a rencontré Wim Boerhaven. Un grand garçon blond que j'ai croisé plusieurs fois. »

A l'énoncé du nom, Hartevelt et Krijger échangèrent un rapide coup d'œil qui n'échappa pas à Chloé.

– Leur relation, reprit Eliane, dura à peu près deux ans, deux ans et demi. C'était la fin de notre programme au Studio quand ils ont commencé à sortir ensemble. Moi, j'ai été engagée à l'opéra de Monte-Carlo pour une saison, puis à Dresden en Allemagne. Nous nous voyions moins car j'étais rarement aux Pays-Bas, plutôt sur Paris où j'avais un pied-à-terre. Je suis revenue à Amsterdam, et ils avaient rompu. Je n'ai jamais su pourquoi. C'était déjà de l'histoire ancienne pour Sarah. Elle voyait quelqu'un d'autre. Un certain Carl, que j'ai vu plusieurs fois. »

Hartevelt et Krijger échangèrent un nouveau coup d'œil. Eliane poursuivait :

— Mais, c'était une relation difficile, il était marié. Sa femme est décédée ainsi que sa petite fille, un drame affreux qui l'a plongé dans la dépression. Sarah m'avait confié qu'elle le soutenait, mais que c'était lourd. Enfin, elle espérait qu'il s'en remettrait, ce qu'il fit. Quelques mois plus tard, Sarah le quittait brusquement et n'a jamais plus voulu entendre parler de lui. Elle ne m'a jamais dit pourquoi. J'ignore s'il l'avait trompée ou…

— Ou quoi, Mademoiselle Vermont ?

— Ou quelque chose d'autre. J'ai toujours eu l'impression que si cela avait été une histoire de maîtresse, elle me l'aurait dit. Après tout, il était marié lorsqu'elle l'a connu et les hommes changent rarement ! Non, à mon idée, il y avait autre chose qui lui a fait prendre cette décision. Mais, comme elle ne s'est jamais confiée à ce propos, je ne lui ai jamais posé de questions. Je voyais bien que cela la minait. Elle a changé à partir de ce moment-là. Elle était souvent songeuse, comme autre part. Je voyageais de plus en plus et nous nous voyions tout de même régulièrement jusqu'à maintenant. C'est la raison pour laquelle je lui avais demandé de jeter un coup d'œil sur mes écrits, de me dire ce qu'elle en pensait. Et de corriger mes fautes !

– Et vous lui en aviez donné un tirage papier, c'est exact ?

– C'est exact. »

Alors qu'Eliane prononçait ces mots, l'équipe scientifique sonnait à la porte.

***

Sur le chemin du retour au commissariat, Hartevelt et Krijger devisaient tranquillement sur la fiabilité évidente d'Eliane Vermont.

– Selon moi, c'est okay. Pas besoin d'attendre les résultats de la Scientifique. C'est clair que le journal est bien le sien.

– Oui, tu as amélioré ta culture générale sans aucun doute ! s'esclaffa Krijger.

— Oui, bon. Ça va ! Dis-moi plutôt ce que tu penses de Wim Boerhaven. Bizarre non qu'il n'ait pas mentionné connaître Sarah K. D'après ce que nous venons d'entendre, ils étaient plutôt intimes pendant plusieurs années…

— Oui, je me demande qui d'autre était au courant.

— Allons le lui demander. »

Ils passèrent la porte du commissariat en même temps que Nico Voorburg.

— Tiens donc ! Toujours en balade à ce que je vois. Ça tombe bien, c'est justement vous deux que je venais voir. »

Ils montèrent ensemble au bureau non sans faire le détour obligé par la machine à café.

– Vous savez comme je m'intéresse à la toxicologie, n'est-ce pas ? J'ai un copain et je me
suis permis de faire analyser les résidus du lavage d'estomac des deux miraculés.

– ... ?

– Oui, votre couple empoisonné.

– Et alors ?

– Cela n'était pas dans vos instructions,
mais je me suis dit que vu le résultat
vous ne m'en voudriez pas. Ils avaient
tous les deux ingurgité une décoction
de *cytisus scoparius*, si vous préférez
de genêt. »

Devant l'incompréhension totale dont faisaient montre ses deux interlocuteurs, Voorburg était satisfait de son petit effet.

– Oui, le genêt à balai est une plante qui
sans être mortelle, absorbée en une certaine quantité que l'on retrouve facile-

ment dans une décoction, peut générer des vomissements sérieux. On l'utilisait comme diurétique et aussi pour provoquer les accouchements. Bref, nos amis n'étaient ni l'un ni l'autre en état de grossesse et ils sont probablement les seuls à avoir bu cette mixture, autrement tout le monde aurait rendu tripes et boyaux. A vous de voir ce que vaut cette information.

— Bon, je crois en effet, qu'une petite conversation avec Wim Boerhaven s'impose doublement.

— Tout à fait, répondit Hartevelt, allons donc lui rendre visite. Il doit être à son atelier ou à la Maison du quartier pour préparer l'inauguration des vitrines. »

32. Hartevelt, Krijger, Wim Boerhaven et Miranda Hamel

Le Tugelaweg, baigné de soleil, semblait à mille lieues de la ville. Les arbres verdoyants masquaient la ligne de chemin de fer qui le surplombait et des fleurs colorées incrustaient les massifs disséminés çà et là où les habitants avaient retiré des dalles du trottoir pour y mettre leurs plantations pavoisées. Des soucis jaune vif côtoyaient des marguerites géantes et, pourtant grands favoris des cités, les géraniums disparaissaient sous le nombre impressionnant de vivaces en tout genre.

Arrivés à l'entrée de l'atelier, Hartevelt et Krijger virent la grande porte ouverte comme une invitation. Observant les petites étiquettes à côté des boutons de sonnette, ils comprirent qu'il leur faudrait monter au deuxième étage. Après s'être concertés du regard, ils entreprirent l'ascension des escaliers.

L'atelier était situé dans une ancienne école comme c'était le cas dans beaucoup de quartiers de la capitale. Les marches, construites en prévision des enfants qui devaient pouvoir les escalader avec facilité, étaient peu profondes et un peu moins hautes qu'à l'accoutumée. En revanche, leur largeur, prévue pour les rangs d'écoliers, permettait de monter de front.

A mi-chemin, ils rencontrèrent Janet Nieuwenhuis qui descendait les bras chargés de cartons.

– L'atelier de Wim Boerhaven est bien à l'étage au-dessus ? demanda Hartevelt.

– Oui, mais il est à l'autre atelier, à la Laing's Nekstraat.

« – Et là, il n'y a personne ? interrogea à son tour Krijger.

– Seulement Miranda. Les autres sont à la Maison du quartier.

– Merci, » lancèrent les deux inspecteurs en duo parfait.

D'un commun accord, ils continuèrent à monter. La présence de Miranda pourrait tout aussi bien être mise à profit pour un entretien.

Sur le palier du deuxième étage, tout comme au premier, une entrée se trouvait à gauche et un corridor sur la droite. Voyant une porte ouverte dans le couloir, ils s'y dirigèrent. Miranda se tenait debout devant une grande table où étaient éparpillés des cartons de couleur verte et rose. Absorbée dans la contemplation des fiches devant elle, elle n'entendit pas les premiers coups frappés. Krijger insista un peu plus fort et elle releva la tête, surprise de voir les deux inspecteurs dans l'embrasure.

– Bonjour, nous aimerions vous poser une ou deux questions si cela vous convient, dit Hartevelt.

– A vrai dire, cela me convient moyennement, mais comme vous êtes ici…

– Merci, répondit Hartevelt.

– Pouvons-nous entrer ? demanda à son tour Krijger.

– Oui, bien sûr. Excusez-moi. » S'éloignant de la table, elle leur indiqua deux sièges dans un coin de la salle.

– Je vous écoute.

– Vous partagez cet atelier avec Wim Boerhaven qui est aussi votre compagnon, n'est-ce pas ?

— On ne peut rien vous cacher, répondit Miranda avec une pointe de sarcasme dans le ton.

— C'est exact, reprit Hartevelt. Pourriez-vous nous dire depuis quand date votre relation.

— Laquelle ? Professionnelle ou personnelle ?

— Les deux, précisa Krijger.

— Nous travaillons ensemble depuis une douzaine d'années et nous sommes ensemble depuis dix ans.

— Si ce n'est pas trop demander, dans quelles circonstances vous êtes-vous rencontrés ?

— Nous faisions un projet à Amsterdam-West pour les sans-abri et, de fil en aiguille, nous sommes devenus amis, puis amants, puis ensemble.

– Lorsque vous avez connu Wim, était-il avec quelqu'un ? demanda Hartevelt.

– Je crois qu'au début, il voyait une femme, mais je ne l'ai jamais rencontrée et il ne m'en a jamais parlé.

– Vous n'êtes pas curieuse !

– Je ne suis pas inspecteur de police. Je ne questionne pas les gens. J'estime que s'ils veulent me dire une chose, ils la diront. Mais, je suppose que vous ne pouvez pas fonctionner ainsi ?

– En effet. Notre situation est différente, reprit Krijger. Ne vous a-t-il jamais dit qu'il avait été amant avec Sarah Kuilhoven ? » Miranda pâlit à devenir totalement exsangue. Lorsqu'elle parla, toute trace de sarcasme avait disparu de sa voix.

– Non. Pourquoi aurait-il dû le faire ? C'était bien avant moi.

– Avant vous ? Comment cela ? S'il ne vous en a pas parlé comment pouvez-vous savoir que cela ne s'est pas passé il y a trois semaines ? »

Miranda ne savait plus quoi répondre. Son visage devenait rouge de confusion, d'autant plus rouge qu'il était si pâle quelques minutes auparavant.

– Madame Hamel, si vous avez quelque chose à nous dire, c'est maintenant le moment, continua Hartevelt.

– Non, non. Je n'ai rien de plus à vous dire. Avez-vous d'autres questions ?

– Pas pour le moment. Merci. Nous vous demandons seulement de bien vouloir passer au bureau dans la matinée pour faire votre déposition.

– Dans la matinée ?

– Oui, immédiatement, s'il vous plaît. Adressez-vous à l'accueil, l'agent sera au courant. » Ils se levèrent, la laissant perplexe.

– Nous connaissons le chemin. Ne vous dérangez pas, » dit encore Krijger.

Miranda Hamel les regarda partir sans bouger. Elle ne savait quoi penser de cet entretien.

***

De nouveau dans la rue, à l'écart des oreilles indiscrètes, Krijger exprima leur pensée à haute voix :

– Ou elle sait quelque chose, ou elle cache quelque chose.

– Oui, plutôt bizarre qu'il ait connu Sarah Kuilhoven et ne lui en ait pas parlé au regard des derniers événements. Allons à l'autre atelier. Elle aura eu le temps de lui téléphoner, mais je te parie qu'elle ne l'aura pas fait !

– Pourquoi d'après toi ?

– Ça on le saura bientôt.

– Passons une autre tactique. Lui, on l'embarque gentiment en le priant de venir avec nous au bureau pour une conversation amicale. »

***

De retour au commissariat, Hartevelt et Krijger firent passer Wim Boerhaven devant le bureau où Miranda faisait sa déposition. En faisant une courte halte à la porte de la salle d'interrogatoire, ils s'assurèrent qu'il pouvait bien la voir. Miranda ne le remarqua pas car elle avait le dos tourné vers eux.

– Qu'est-ce que Miranda fait là ? » interrogea Wim Boerhaven.

Pour toute réponse, ils le poussèrent dans la salle et lui intimèrent de s'asseoir.

– Votre amie nous a tout raconté, » lança Krijger prit d'une subite inspiration.

En voyant le visage de Wim Boerhaven qui se décomposait à vue d'œil, il sut qu'il avait touché le gros lot.

33. *L'inauguration des vitrines*

A chaque extrémité de la rue Christiaan de Wet, des barrières rouges et blanches en interdisaient l'entrée. S'il ignorait les festivités, du côté de la rue Tranvaal, le passant pensait à des travaux de voiries, les barrières étant similaires. En revanche, au croisement avec la Reitzstraat, le pavillon de toile et le podium où se dressait un micro, annonçaient clairement un événement prochain.

Anne-Marie van Bar traversait la Reitzstraat avec un plateau chargé de petits pâtés. Janine Stoeken la suivait avec un grand carton remplis de sandwichs. Les gens du Suriname apportaient des rôties et les Marocains du couscous. Ils s'étaient concertés pour amener des plats différents. Du sucré, du salé, des fruits confits, des boissons. La fête pouvait commencer.

Sur le podium, Jan Steekhart prit place, tapota sur le micro pour contrôler l'installation. Satisfait, il redescendit sur la chaussée. Les musiciens prenaient place, les victuailles s'étalaient sur les tables et, comble du bonheur, un rayon de soleil égayait l'ensemble. On n'attendait plus que le représentant de Monsieur le maire, conseiller à la culture, pour le discours d'inauguration.

Chloé, Madame Céleste, Eliane et Janine Stoeken devisaient calmement un peu à l'écart. Elles s'étonnaient de l'absence de Wim et Miranda. Être en retard ne leur ressemblait pas. Janet Nieuwenhuis, venant les rejoindre, n'en savait pas plus. Elle ignorait le lien entre leur absence et la visite des deux policiers à l'atelier. Anne-Marie van Bar s'approcha d'elles avec la même question à laquelle personne ne pouvait répondre. Jan Steekhart et Janine Stoeken vinrent les consulter. Tous se mirent d'accord pour commencer les allocutions. Cela les ferait venir.

La musique s'arrêta. Le préposé à la culture escalada le podium en homme rompu à l'exercice. La sono faisant des siennes, il prononça des mots à demi emportés par le vent où la solidarité se mêlait au courage, l'avenir au passé du quartier, pour terminer sur « une reconnaissance infinie aux artistes dont le sacrifice dotait cette rue d'une vie nouvelle... » Il chercha un mot. Tout le monde hésita un bref instant, puis une salve d'applaudissements s'engouffra dans la brèche du silence. Difficile après cela de reprendre le fil de son propos. Un peu abasourdi par l'effet, le conseiller remercia l'assistance et descendit les marches. A sa place, Jan Steekhart y alla de son discours. Ce fut le tour des artistes. Chloé rappela les noms de chacun et sa contribution. Il était temps de passer au dévoilement des vitrines. L'absence de Wim se faisait de plus en plus ressentir.

Janet Nieuwenhuis, qui entre-temps était allée aux nouvelles, revenait du commissariat. Elle annonça la garde à vue de Wim et Miranda sans en savoir plus. Les gens attendaient, il fallait continuer l'inauguration. Chloé se chargerait de la présentation toute seule.

On commença par s'extasier devant l'œuvre de Nick Karpmann. En bon auteur de BD, Nick avait dessiné une histoire illustrée du quartier. Une vieille femme, derrière sa fenêtre, regardait les passants se promener sur le trottoir ; sortait à son tour faire sa balade quotidienne. Plusieurs lieux se reconnaissaient aisément, admirés par les spectateurs.

Le choix de Janet, marionnettiste de son métier, restituait une partie de pêche le long du canal. Au bout de la ligne, une énorme carpe mordait à l'hameçon, des canards nageaient sur l'eau et des mouettes rasaient la surface des roseaux. Les façades des maisons se découpaient sur le ciel délavé, si commun à la ville d'Amsterdam. Les spectateurs exprimaient leur ravissement par des hochements de tête compréhensifs. Ils distinguaient bien l'endroit.

Wim et Miranda manquant toujours à l'appel, on passa aux vitrines de Chloé. La première, pleine de livres empilés en quinconce, évoquait une bibliothèque stylisée dans les teintes rouge, blanc et or. Des cartes du Transvaal en résine ne laissaient aucun doute sur le nom de la bibliothèque. Une lampe verte éclairait un chat juché sur une des piles d'ouvrages. Les portraits encadrés de plusieurs habitants lisant s'étiraient comme une guirlande d'un coin à l'autre.

La dernière vitrine offrant une vue sur le parc récolta tous les suffrages. Le spectateur, debout dans la rue, regardait par la fenêtre le parc immortalisé par une photo sur toute la surface du fond. L'impression était saisissante. Sur l'appui, un service à thé turc, trois petits singes et un ange en porcelaine, formaient la décoration. Un lustre en cristal éclairait la scène. L'illusion était parfaite et l'idée subtile du multiculturalisme du quartier, exécutée avec délicatesse.

Jeroen et Abdel se frayaient un chemin entre les personnes agglutinées sur le trottoir pour venir chuchoter à l'oreille de Jan Steekhart. Le visage de ce dernier s'empourpra violemment pour devenir blanc comme craie la seconde suivante. A sa vue, Chloé comprit qu'une chose grave venait de se produire. Jan Steekhart s'avançait vers elle. Arrivé à son niveau, il lui glissa :

– Wim et Miranda sont retenus encore pour un moment au commissariat. Le mieux est que nous présentions leurs vitrines. » Chloé acquiesça. Fallait-il ou non faire une annonce publique ? Des murmures parcouraient déjà l'assemblée et des paroles de surprise s'échappaient çà et là des lèvres « non, vraiment », « Comment est-ce possible », « Qui l'aurait cru » fusaient de toutes parts. Apparemment, la nouvelle se propageait rapidement.

Bien que personne ne connût le fin de l'affaire, tout le monde y allait de sa version.

Que Wim et Miranda soient entendus au bureau dans le cadre de l'enquête sur les meurtres affolait les imaginations. Voir en eux les assassins des victimes fut un pas vite franchi. On ne savait aucun détail ? Qu'importe, on les inventait.

Les dernières vitres à dévoiler étaient les leurs. Chloé en fit l'éloge, mais peu de personnes écoutaient. Toutes à des conciliabules chuchotés où les spéculations allaient bon train. C'est à peine si les gens jetèrent un coup d'œil curieux quand le drap tomba révélant le chef-d'œuvre de Wim.

– Wim Boerhaven et le groupe des "Pères du quartier" ont réalisé ceci, » annonça Chloé. Un frisson de soulagement parcouru visiblement les spectateurs. La vitrine appartenait bien au quartier.

Les hommes, impliqués et actifs, avaient même créé une mosaïque rappelant la faïence de Delft. Sur les carreaux outre-mer se dessinait la skyline du Transvaal. Les lettres d'un poème se détachaient sur le ciel, invitant le lecteur à profiter de la vie, l'âme sereine, en union avec la nature. Au-dessus de la ligne des toits caracolaient plusieurs nuages échevelés sans lesquels un ciel amstellodamois perdrait de sa véracité.

La dernière vitrine admirée, les gens refluèrent vers la tente du bar où le champagne les attendait. Ils trinquaient à cette acquisition nouvelle : la transformation de la rue aveugle en une rue artiste. Chacun s'extasia sur la variété des décorations, engloutissant en même temps, gâteaux, petits pains, pâtés et autres délicatesses ; le groupe de musiciens juchés sur l'estrade, partageait des airs connus ayant fait leurs preuves pour animer des réunions. Bref, la fête était réussie.

Le crépuscule commença à poindre ; les gens à se disperser. Wim et Miranda n'étaient pas réapparus.

Épilogue

Madame Céleste, Chloé, Eliane et Bella consultaient les quotidiens étalés sur la table devant elles. Tous les journaux mentionnaient l'arrestation de Wim Boerhaven et Miranda Hamel comme « Les meurtriers du Transvaal ». *Het Parool* affichait en deuxième page tout un reportage illustré. Même le *NRC Handelsblad*, pourtant considéré comme ne traitant que des affaires sérieuses et avec une déontologie journalistique prouvée, n'avait pu échapper à l'annonce du fait divers avec force de détails. *Le Telegraph* faisait sa une avec un portrait en médaillon des deux artistes. Tout un article reprenait les biographies des deux protagonistes et consacrait une sorte de rétrospective des « affaires » allant même jusqu'à reproduire un article publié une dizaine d'années auparavant : « *LE QUARTIER DU TRANSVAAL EN DEUIL. Le quartier du Transvaal est en deuil. Depuis deux jours, quatre jeunes enfants sont décédés de façon mystérieuse. Au matin, les parents les ont trouvés froids et grelottants dans leur lit en proie au délire et avant que le médecin ait pu se rendre à leur chevet, les petits sont morts la bave aux lèvres, dans des contorsions atroces. On parle d'empoisonnement et on attend le rapport d'autopsie.* »

— Comme j'aurais préféré avoir tort et que cette affaire des empoisonnements ne soit pas liée à toute cette histoire, s'exclama Madame Céleste après avoir lu l'article.

— Mais, pourquoi reparlent-ils de ça ? interrogea Bella qui n'avait pas eu le temps de lire tous les journaux.

– Que disent-ils exactement, continua Eliane, de la relation avec les meurtres de vos collègues ?

– En gros, Wim et Miranda ont tué Carl parce que c'est lui qui à l'époque a tué les enfants.

– Mais, c'est horrible ! Pourquoi ?

– Pourquoi il avait assassiné les enfants ? Parce qu'il était malade et qu'il ne supportait plus leur vue depuis que sa fille à lui était morte empoisonnée. Une sorte de vengeance sur la vie.

– Et que viennent faire Wim et Miranda là dedans ? » Au même moment où Bella prononçait ces paroles, Jan Steekhart passait la porte du café et venait à leur table. Il avait l'air abattu quand il prit la parole :

– Bon, je vois que vous lisez la presse. Je suis aussi abasourdi que vous, je pense.

– On n'y comprend rien, en fait, lui répondit Bella, c'est tellement bizarre.

– Non seulement, on comprend mal pourquoi la presse revient sur cette histoire d'il y a dix ans.

– Vous n'avez pas lu le *Algemeine Dagblad* ?

– Non. Ah, oui, il est là. » Madame Céleste qui avait lu rapidement commenta :

– Donc, si je comprends bien, Wim qui a eu une relation avec Sarah Kuilhoven n'a pas supporté qu'elle ait eu avant lui des rapports avec Carl. Il en était jaloux, mais il a dit à Miranda que Sarah avait aidé Carl a empoisonner les enfants. Sans en parler à Wim, Miranda, jalouse de Sarah a tué celle-ci. Elle l'a mutilé pour faire croire à un meurtre sadique antisémite ! Wim ne se doutait pas qu'elle était l'auteur de ces atrocités !

– Quels esprits tordus ! s'exclama Eliane, c'est incroyable.

– Ce n'est pas terminé. Wim a tué ensuite Carl. Il s'est inspiré du meurtre de Sarah pour mettre en scène le sien. Wim et Miranda ne savait pas l'un de l'autre qu'ils étaient des assassins.

– Cela ne tient pas debout ! La réalité dépasse vraiment la fiction. » Chloé était tout aussi perplexe que les autres. « Ce sont des personnes que nous avons côtoyées tous les jours, avec qui j'ai fait des projets… Je n'en reviens pas.

– Une cellule psychologique a été mise en place à la mairie, énonça Jan Steekhart. J'espère que cela pourra aider ceux qui en ont besoin.

– Qu'ils ne sachent pas l'un de l'autre qu'ils étaient des meurtriers, c'est fort. Mais, moi, je ne comprends pas pourquoi ils ont tué ces deux personnes.

– Miranda par jalousie et Wim par compassion pour les enfants ! dit Bella.

– Quelle compassion ! éructa, Jan Steekhart, oubliant un moment sa position d'impartialité en tant que représentant de la mairie. C'est inadmissible.

– Ce n'est pas moi qui te contredirais, lui répondit Bella, dans le cas présent. J'ignore les tenants et aboutissants de toute l'affaire. Je tombe des nues. »

Comme si le mot s'était propagé dans le quartier, petit à petit, les habitants affluaient vers Cafvino venant chercher le réconfort d'être ensemble dans une histoire qui les dépassait et qu'ils ne comprendraient jamais.

Table des matières

Imprimé par CreateSpace Amazon

Mars 2016